Kate Cann • Im Tiefen

€ 2,00 La
w 6

D1350727

Foto: © The Women's Press

DIE AUTORIN

Kate Cann, 1954 in London geboren, arbeitete als Lektorin, bevor sie sich selbst dem Schreiben zuwandte. Kate Cann ist verheiratet und hat zwei Kinder.

Von Kate Cann ist bei cbt erschienen:

Kopfsprung (30068)
Frei Schwimmen (30070)
Verdammt frei (30228)

Für Jeff

Vorwort

Art und ich hatten eine kurze Beziehung. Sieben Wochen lang. Ich war total verrückt nach ihm, hatte aber keine Ahnung, was er für mich empfand. Reden war nicht seine Stärke. Es war auch nicht sein Aussehen, das mich so faszinierte – obwohl einen das schon blenden konnte –, es war dieses Knistern, das ich in seiner Nähe spürte. Manchmal war es so stark, dass ich das Gefühl hatte, vom Boden gehoben und durchgeschüttelt zu werden. Nicht immer ein gutes Gefühl, aber es machte süchtig. Ich wollte mit niemand anderem mehr zusammen sein außer mit ihm.

Heute weiß ich, dass er dieses Knistern genauso stark gespürt hat wie ich, und vielleicht entschuldigt das teilweise sein Verhalten. Teilweise.

Wir hatten in diesen sieben Wochen wortlose Verhandlungen geführt. Er wollte gleich am Anfang Sex. Ich nicht. Mir wurde schon schwindlig, wenn ich ihn nur küsste. Gleichzeitig versuchte ich während dieser Zeit immer wieder, ihn zum Reden zu bringen, ich wollte, dass er sich ein bisschen öffnete. Und allmählich hatte ich das Gefühl, dass wir einander näher kamen.

Und dann lud er mich zu einem Familienwochenende im Landhaus seines Vaters ein. Ich war total happy – bis es Zeit zum Schlafengehen wurde. Da musste ich nämlich feststellen, dass alle, einschließlich Art, selbstverständlich vorausgesetzt hatten, ich würde in seinem Zimmer schlafen. Ganz wie es die Heerscharen seiner früheren Freundinnen getan hatten.

Eine derartige Überrumpelung hat nichts Verlockendes mehr

7

an sich, besonders dann nicht, wenn man noch nie mit einem Jungen geschlafen hat. Es endete damit, dass ich Art angeschrien und schließlich unten auf einem Sofa übernachtet hatte. Erschöpft und verstört kam ich am Sonntagnachmittag nach Hause und meine große, starke, wütende Mum fuhr auf der Stelle zu Art und seinen Leuten und hielt der ganzen Gesellschaft eine Strafpredigt über mangelnden Charakter.

Damit war unsere Beziehung aus.

Es folgte die vermutlich schlimmste Woche meines Lebens. Ich fühlte mich gedemütigt; ich fühlte mich betrogen; und ich vermisste ihn so sehr, dass ich mich kaum rühren konnte. Dann kam der Samstag. Ich saß bei McDonald's, Art kam herein und setzte sich zu mir an den Tisch. Und endlich redete er. Er entschuldigte sich für das Wochenende; er sagte, wie viel ich ihm bedeute, und er bat mich um eine zweite Chance.

Na? Was hättet ihr getan?

1

Ich hatte mit Art vereinbart, dass wir uns noch am gleichen Samstagabend in einem Pub am Fluss treffen wollten. Während ich hinging, war ich überrascht von meiner eigenen Ruhe. Ich fühlte mich neu und frisch, als hätte ich gerade eine schwere Krankheit überstanden. Alles war aufgebrochen zwischen Art und mir und diesmal musste ich dafür sorgen, dass es offen bliebe. Diesmal würden wir reden.

Art war schon da, als ich kam. Er saß mit ausgestreckten Beinen auf einer Bank draußen vor dem Pub und starrte in den Fluss. Sein Anblick tat mir so gut, dass ich einen Moment stehen bleiben musste. Aber dann schob ich energisch die Hände in die Hosentaschen und ging weiter.

Er hob den Kopf, sah mich und stand unbeholfen auf. »Hi, Coll. Danke, dass du gekommen bist«, murmelte er. »Ich hab dir was zu trinken geholt.«

Wir setzten uns, ich griff nach dem Glas und nahm einen Schluck. Innerlich zitterte ich. Es war unglaublich, dass ich wieder neben ihm saß und das Kribbeln zwischen uns spürte. »Das war ja ein Zufall, heute«, brabbelte ich los. »Dass wir zur gleichen Zeit bei McDonald's waren. Ich meine, wie hoch ist nach der Statistik wohl die Chance, dass zwei Leute …«

Er zog die Schultern hoch. »Ich wusste, dass du dort sein würdest.«

»Wieso? Wie meinst du das?«

»Ich hab bei dir zu Hause angerufen – hab mit deiner Mutter gesprochen.«

Es war also gar kein Zufall gewesen, dachte ich. Er ist mir nachgegangen.

»Du hast mit ...? O Mann! Obwohl sie dich so fertig gemacht hat und alles? Du Held.«

»Ich sag dir was, Coll. In meinem ganzen Leben habe ich mich noch nie so eingeschüchtert gefühlt. Die ganze Woche über habe ich versucht, meinen Mut zusammenzukratzen und dich anzurufen. Heute habe ich es dann endlich geschafft, und als dann *sie* dranging, hätte ich beinahe aufgelegt. Sie klang sehr wütend. Wer, zum Teufel, meinst du eigentlich, dass du bist?, hat sie gesagt. Rufst hier einfach an! Hast wohl nicht schon genug Unheil angerichtet ... Und dann habe ich gesagt ... ich habe gesagt, dass es mir Leid tut ... Fast angefleht habe ich sie ... habe ihr gesagt, dass ich ganz dringend mit dir reden muss.«

Ich stieß einen Seufzer aus, wacklig vor Freude. »Und dann ...?«

»Sie hat gesagt, du seist nicht da. Ich würde dich bei McDonald's finden. Und, peng, hat sie aufgelegt.«

»Mum hat dir gesagt, wo ich war? Ich kann's nicht glauben! Sie hasst dich.«

»Danke.«

»Na ja – vielleicht nicht gerade hassen. Aber dass sie dir gesagt hat, wo ich war!«

»Vielleicht hat sie gedacht, das ist unsere Sache. Vielleicht hat sie gedacht, du kriegst das schon selber hin.«

»Vielleicht«, sagte ich zweifelnd. Mum tat sich immer schwer damit, mich meine Entscheidungen allein treffen zu lassen. »Wahrscheinlich hat sie nachgegeben, weil du dich entschuldigt hast und so. Ich denke, am meisten sauer ist sie auf deinen Vater ...«

»Gut so. Das letzte Wochenende hat nämlich *er* vermasselt.«

»Klar.«

»Mal ehrlich, Coll, deine Mutter hatte schon Recht, dass sie ihn so niedergemacht hat. Er ist wirklich ein schäbiger Typ. Kein Wunder, dass ich so ein Blödmann bin – bei dem Vater.«

»Na, klar. Hast du geerbt, wie?«

»Ja. Und außerdem bin ich falsch erzogen worden. Andere Väter wollen nach den Examen die Noten wissen – er will wissen, wie viele Mädchen ich abgeschleppt habe. Er führt in der Küche eine Liste darüber.«

»Sei nicht albern«, sagte ich und lachte.

»Bin ich nicht. Jedenfalls kaum.«

Ich sah zu Boden. »Hör mal, Art, es war aber nicht dein Vater, der … der mich angelogen hat«, sagte ich.

»Ach, Coll, ich hab dich nicht angelogen. Ich hab dir nur nicht …«

»Die Wahrheit gesagt.«

»… so genau erzählt, wie das mit der Übernachtung war. Ich weiß ja, dass ich mich wie ein Volltrottel benommen habe. Aber es war nicht deshalb, weil ich dich unbedingt ins Bett kriegen wollte.«

»Hah!«

»Okay, dann eben doch. Aber es war nicht nur Sex. Ich meine, du warst … ich war … ich bin fast wahnsinnig geworden. Und es war so toll zwischen uns und ich dachte … ich wollte dir ganz nah sein.«

»Du wolltest mir nahe sein! Warum hast dann nie darüber geredet? Warum hast du nie gefragt, wie es *mir* dabei geht?«

»Das hatten wir doch schon alles, Coll. Du hast ja Recht, es war mir peinlich. Ich wusste nicht, was zum Teufel ich sagen sollte.«

Verblüfft sah ich ihn an. Es wollte mir nicht in den Kopf, dass er es weniger peinlich fand, sich auszuziehen und zum ersten Mal miteinander zu schlafen, als nur darüber zu reden.

»Ich meine … Sex ist etwas Wechselseitiges«, sagte ich. »So

sollte es jedenfalls sein. Und nicht so, dass man jemanden damit überfällt, ohne wenigstens ...«

»Coll, es tut mir Leid, dass ich versucht habe, dich so zu drängen«, sagte er. »Ich habe alles verkehrt gemacht und es tut mir Leid.«

»Ich bin mir vorgekommen wie eine, die mal eben aufs Kreuz gelegt werden soll ...«

»O Gott. So war es nicht. Ich finde dich einfach super. Ich bin wirklich ... Ich bin total verschossen in dich. Verstehst du?«

»So hast du dich nicht benommen, Art«, sagte ich lahm und gleichzeitig saugte ich seine Worte in mich ein. »Ich meine, davon habe ich nichts bemerkt.«

»Was meinst du mit ›so hätte ich mich nicht benommen‹? Hätte ich dir Blumen kaufen sollen oder so 'n Quatsch?«

»Nein ... *nein!* Nur ... du hast manchmal einen so abweisenden Eindruck gemacht. Ganz schön oft. Eigentlich fast immer. Du warst so zugeknöpft.«

»Und wieso hast du dich dann immer wieder mit mir getroffen, wenn ich so abscheulich war?«

Ich lachte und drehte mich zu ihm hin. Jede Einzelheit seines Gesichts nahm ich in mich auf – die Linie seiner Augenbrauen, seinen Mund, seine Lippen – und die Antwort war so nahe liegend, dass ich es einfach sagen musste: »Weil du ... weil du einfach wahnsinnig gut aussiehst.«

Er grinste und rückte näher an mich heran. »Du auch, Coll. Du bist sagenhaftsupertoll. Du machst mich ... Gott, du machst mich ...« Seine Stimme brach ab. Ich war rot geworden. »Trotzdem«, sagte er dann, »ich fand *dich* abweisend. Ich meine, mir gefällt es, wie du redest und was für irre Sachen du sagst, aber manchmal dachte ich, du wolltest überhaupt nur reden.«

Es entstand eine lange Pause. »Wahrscheinlich sehen wir die Dinge aus ... aus verschiedenen Blickwinkeln«, sagte ich endlich. Mir fiel nichts Besseres ein.

»Lass uns noch mal neu anfangen, Coll. Jetzt, wo das passiert ist, können wir ... wir können uns in der Mitte treffen.«

Ich konnte nicht sprechen. Er war noch näher zu mir hergerückt, ich konnte den warmen Baumwollgeruch seines Hemdes riechen und mehr als alles auf der Welt wollte ich ihn anfassen – fest halten.

Langsam kam seine Hand herüber und legte sich auf meine. Ich starrte sie an. Seine langen, kräftigen Finger. Sein Gesicht war jetzt direkt neben meinem und mein Verlangen ihn zu küssen war so stark, dass ich einen dicken Kloß in der Kehle spürte.

»Art, warum hast du mir das alles nicht früher gesagt?«, flüsterte ich.

»Ich weiß nicht. Weil ich eine Niete bin.«

»Du wolltest nie reden. Du warst total verschlossen.«

»Aber jetzt rede ich.«

Wieder entstand eine Pause. Dann zündete auf beiden Seiten ein Funke und wir küssten uns.

2

Minuten später tauchten wir aus einem unglaublichen Kuss wieder auf und sahen uns an.

»Ich ... ich hol uns noch was zu trinken«, sagte Art heiser und ging in den Pub. Ich blieb sitzen, schaute auf die Strudel im Fluss. Plötzlich fühlte ich mich von einer wunderbaren, belebenden Zuversicht erfüllt, ich spürte, dass ich längst bereit war, mich von neuem auf ihn einzulassen. Trau dich, sagte ich mir. Riskiere es immerhin. Das Knistern zwischen dir und ihm ist keine Täuschung.

Art kam wieder, setzte sich neben mich und gab mir mein Glas. »Also«, sagte er, »war das so was wie ein ... Ja?«

»Wird wohl.«

»Ich weiß, dass ich unmöglich zu dir war.«

»Das kannst du wohl sagen«, brummte ich zufrieden. »Ich habe dich gehasst.«

»Kann ich dir nicht verdenken. Aber jetzt ...«

»Gott, ich habe dich so *abgrundtief* gehasst. Was warst du für ein Scheißkerl – ›ist doch keine große Sache, Coll, entweder du willst oder du willst nicht‹.«

»Hör mal, ich gebe zu, dass ich ein kompletter ...«

»›Und hinterher können wir schlafen‹, hast du gesagt. Du warst nicht nur ein Scheißkerl, du warst außerdem geschmacklos. Und dass du mich unten auf dem Sofa hast übernachten lassen, als ich nicht ...«

»Hör auf, du ...«

»Wie ein Schwein hast du dich benommen, dann, am nächsten Tag. Nicht *ein* Wort hast du zu mir gesagt. Ich war so am Boden zerstört. Wirklich, du warst ein Scheißkerl durch und durch. Den Tod hab ich dir an den Hals gewünscht.«

Lächelnd lehnte ich mich zurück. Das hatte gut getan. Art starrte mich aus zusammengekniffenen Augen an und langsam verzog sich sein Gesicht zu einem Grinsen. Komisch, sich die Szene noch einmal vorzustellen, die mich damals fast umgebracht hatte. Jetzt tat es kaum noch weh.

»Ich war genauso durcheinander«, sagte er und lehnte sich an mich. »Ich fühlte mich abgewiesen.«

»*Abgewiesen?*«

»Kein Junge mag es, wenn er so zurückgestoßen wird. Es macht ihn unsicher in ... in seiner Sexualität.«

»Ha! Du und unsicher, Mr Sexprotz! Außer der Kastration würde *dich* so schnell nichts ...«

»Du warst gemein. Dass du mich gleich so angeschrien hast! Dass du behauptet hast, ich würde dich terrorisieren.«

»Hast du doch!«

»Ich hab mich geändert, Coll«, sagte er, plötzlich wieder ernst. »Wirklich. Ich werde dich nicht mehr bedrängen. Wir lassen es langsam angehen. Ich verspreche dir, dass ich dich nicht mehr überrumpeln werde.«

Ich musste lachen. Was für ein unglaublich komisches Versprechen. »Art«, sagte ich, »du bildest dir doch nicht ein, dass ich nur wegen deines klugen Kopfes mit dir gehe?«

Einen Augenblick sah er mich verblüfft an, dann grinste er. Ich nahm seine Hand, beugte mich zu ihm und küsste ihn noch einmal.

Der Abend endete damit, dass Art mich nach Hause brachte. Vor unserem Gartentor küssten wir uns noch viele Male und es war schöner als die schönste Knutscherei, die wir je gehabt hatten.

»O Gott«, sagte er an meinem Hals. »Ich dachte schon, ich hätte alles verpatzt. Dachte ich wirklich. Es tut so gut, dich wieder zu berühren ... dich wieder ...«

»Halt an«, sagte ich und wich zurück. »Du kannst von Glück reden, dass ich dich überhaupt küsse.«

»Okay«, sagte er demütig. »Ich weiß ja, was ich für ein Glückspilz bin.« Dann wollte er mich wieder an sich ziehen.

Da lachte ich, löste mich von ihm und sagte, ich müsse jetzt rein.

Ich ging die Treppe hinauf und ließ mir ein ausgiebiges, heißes Bad ein. Dann legte ich mich in die Wanne, ließ das Wasser ganz über mir zusammenschwappen, über Gesicht und Körper, und blubberte Blasen ins Wasser.

Ich fühlte mich so wohl, dass es kaum auszuhalten war. Jeden Muskel dehnte und streckte ich, bewunderte meine Beine und Füße, entspannte mich wieder.

– Punkt 1. Art ist verliebt in dich, das hat er gesagt. Er hat bei dir angerufen. Er ist dir hinterhergelaufen.

– Punkt 2. Aber vor einer Woche hat er dich gemein und hinterhältig in die Falle gelockt. Das war unverzeihlich!

– Punkt 3. Du hast ihm anscheinend verziehen. So schnell schon.

– Punkt 4. Er ist toll. Er ist sportlich, er ist schlank, er hat ein Gesicht, wie von einem Engel entworfen. In seiner Nähe kann ich nicht klar denken. Alles wird gut werden. Sagt mir mein Instinkt.

– Punkt 5. Hör nicht auf deinen Instinkt – was ist mit deinem Hirn? Denk nach. Kein Mensch ändert sich so komplett. Und er macht Mädchen an wie ein … Also, er hat massenhaft Verschleiß an Mädchen.

– Punkt 6. Das ist mir egal. Ich bin süchtig nach ihm. Ich will wieder mit ihm zusammen sein.

– Punkt 7. Aber man muss das, was man wünscht, vergleichen mit dem, was vernünftig ist.

– Punkt 8. Keine Diskussion mehr.

3

Ich war Val eine Erklärung schuldig. Immerhin war Val meine beste Freundin, sie hatte alle Stadien der Entwicklung in meiner Beziehung zu Art beobachtet und kommentiert – und für gewöhnlich hatte sie mir bei jeder Gelegenheit zu verstehen gegeben, dass sie ihn nicht gut fand. Sie hielt ihn für arrogant, verwöhnt, oberflächlich und sexbetont. Trotzdem, als sich ihre Einschätzung schließlich bestätigte, hatte sie *nicht* getönt: Ich hab's dir ja gleich gesagt!

Sie hatte auch unsere Versöhnung miterlebt. Sie war nämlich mit mir bei McDonald's gewesen und taktvoll im Hintergrund geblieben, damit Art und ich reden konnten. Und seither hatte sie sich mächtig zurückgehalten und erst dreimal versucht, mich ans Telefon zu kriegen.

Doch, wirklich, ich war Val eine Erklärung schuldig.

»Du gehst wieder ... *wie bitte?*«

»Val, sei doch nicht so selbstgerecht.«

»Du gehst wieder mit ihm! Ich fass es nicht! Er muss nur ankommen und sagen: He, tut mir Leid, ich war ein bisschen daneben – Küsschen, Küsschen, und alles ist vergeben und vergessen!«

»Nein. *Nein!* Hör mir doch mal zu. Ich rede nur davon, was ich für ihn empfinde ...«

»Ach, das wissen wir alle, was du für ihn empfindest. Du bringst doch den Mund nicht mehr zu, seit er dir zum ersten Mal über den Weg gelaufen ist. Aber er hat dich angelogen! Er hat dich benutzt! Er ist ein Vollidiot! Und jetzt fängst du ...«

Ich beugte mich über den Tisch und vergrub den Kopf in den Armen, damit ich nichts mehr hören musste. »Val, das weiß ich alles. Wirklich. Aber die Dinge haben sich geändert – *er* hat sich geändert. Wir haben ausführlich miteinander gesprochen. Wir sind uns viel näher gekommen ...«

»Na, klar. Der Wunderknabe sondert ein paar schöne Worte ab und schon ist alles, alles gut. Nein – erzähl mir nicht, dass du ihn verstehst und dass er einen scheißliberalen Vater hat und solchen Quatsch. Das nehm ich dir einfach nicht ab.«

»Aber es erklärt wirklich ...«

»Was zählt, Coll, ist, wie sich jemand verhält. *Danach* muss man die Leute beurteilen. Ich richte mich nie nach solchem Gelaber wie ›Verständnis für die Psyche‹ und so. Und überhaupt, er ist ein blöder Hund, auch wenn man versteht, *warum* er einer ist. Du sagst, er hat sich geändert, aber wie willst du wissen, dass er sich geändert hat? Du hast ihn erst *ein Mal* wieder getroffen. Na gut, zweimal. Toll.«

17

Es machte mich fertig, was ich von Val zu hören bekam. Weil sie Recht gehabt hatte, trat sie jetzt so laut und energisch auf. »Ich fange doch gerade erst wieder an mit ihm«, murmelte ich. »Werd ja sehen, wie es läuft.«

»Oh, es wird super laufen«, fuhr sie mich an.

»Besser, eine Frau bereut etwas, was sie getan hat«, sagte ich heiser, »als etwas, was sie nicht getan hat. Das ist ein Zitat.«

»Und in diesem Zusammenhang totaler Blödsinn«, sagte Val. »Wer hat denn so was geschrieben? Irgend so ein Machotyp. Wahrscheinlich der Urgroßvater von Art.«

Ich gab es auf.

Auch Mum musste ich die neue Entwicklung erklären. Keine beschauliche Aussicht. Sie hatte eine Art, anderen ihren Standpunkt lautstark überzustülpen, egal, was immer man an eigenen Argumenten vorbringen konnte. Und Art war kein Thema, zu dem sie sich besonders zartfühlend äußerte. Sie hatte ein tiefes Vorurteil gegen Männer im Allgemeinen und Arts Verhalten hatte sich bisher glänzend dazu geeignet, dieses Vorurteil noch weiter zu vertiefen. Trotzdem war ich leicht im Vorteil bei Mum, weil sie Art gesagt hatte, wo er mich finden würde. Sie hatte uns wieder zusammengebracht.

»Unsinn!«, sagte sie entrüstet. »Ich habe euch nicht zusammengebracht. Ich habe nur eine Auskunft gegeben. Ich mische mich nie in dein Privatleben ein.«

»Mum!! Das ist die unglaublichste Lüge, die ich je gehört habe!«

Sie zog ihre breiten Schultern hoch. »Ich will nur das Beste für dich, Colette. Wenn du ihn gut im Griff hast, Diesenjungenmann, freut es mich für dich. Aber SEI VORSICHTIG! Man kann ihm nicht trauen, das habe ich von Anfang an gemerkt. Er ist nach Strich und Faden verwöhnt durch sein gutes Aussehen, sein Geld, die lächerliche, privilegierte Schule, auf die er geschickt wird, und DEN VÖLLIGEN MANGEL AN ELTERLICHER KONTROLLE! Zieh kein solches Gesicht. Ich will nur nicht, dass du leiden musst. Nicht noch mal. Nicht durch diesen Kerl. Du bist zwei von seiner Sorte wert, Colette. Der Begriff Achtung scheint für ihn nicht zu existieren – und für seine Familie auch nicht. Er ist aufgewachsen vor einem Hintergrund, der zutiefst unmoralisch ist – man hat ihm ALLES erlaubt. Kein Wunder, dass er sich so benommen hat. Menschen sind nämlich so, wie sie gemacht worden sind. Du sagst, er ist jetzt anders, nun, das möchte ich auch hoffen, wenn er nämlich …«

»Mum«, sagte ich schwach, »verschone mich. Bitte.«

»Keiner kann dich ausstehen«, sagte ich zu Art, als ich mich am Sonntagabend mit ihm traf.

»Toll.«

»Macht dir das was aus?«

»Eigentlich nicht. Was *du* denkst, das macht mir was aus.«

»Also – ich schon. Ich meine, ich kann dich ausstehen.«

»Das ist gut«, grinste er. Er strich mir über das Haar, ich fasste nach seinem Jackenrevers, zog ihn zu mir heran und wir küssten uns. Dann legten wir die Arme umeinander und gingen weiter, wir hatten keine Ahnung, wohin.

»Val hat mir die Hölle heiß gemacht«, sagte ich. »Und Mum hat sich auf einen halbstündigen Vortrag beschränkt, aber ich wette, sie hat noch einiges auf Lager. Was hat dein Vater dazu gesagt?«

»Wozu?«

»Dass wir wieder zusammen sind.«

Art sah mich an. »Warum hätte ich es ihm sagen sollen? Gott, ich habe ihn die ganze Woche nicht gesehen.«

»Oh.« Ich dachte einen Augenblick darüber nach. »Wo war er denn?«

»Weiß ich nicht. Läuft wahrscheinlich hinter einer neuen Flamme her.«

»Meine Güte. Macht Fran das nichts aus?«

»Sie kannte ihn ja, als sie ihn geheiratet hat. Sie geht auch ihre eigenen Wege. Verpulvert sein Geld.«

»Ganz schön deprimierend.«

»So ist das Leben.«

»Ist er schon immer so gewesen?«

»Nein. Er ist ausgeflippt, als meine Mum starb.« Arts Stimme war monoton geworden und einen Moment dachte ich, mehr wolle er dazu nicht sagen. Aber dann redete er weiter. »Sie hatten immer ein gutes Verhältnis und dann hat diese ... diese Sache, dieser Krebs, Mum einfach weggefegt. Ich meine, es ist so schnell passiert, in drei Monaten. Er ist fast wahnsinnig geworden. Bis zuletzt hat er gedacht, sie könnten sie retten.«

Ich legte den Arm enger um seine Taille, um ihn zum Weiterreden zu ermutigen. »Wie alt warst du«, fragte ich zögernd, »als das ... passiert ist?«

»Ach ... ich weiß nicht. Zwölf. Er fing an wegzugehen, zu trinken. Ist immer spät nach Hause gekommen. Das ganze Wochenende weggeblieben. Mit einer Frau nach der anderen hat er sich eingelassen, mit keiner länger als ein paar Wochen. Ich denke, er hatte Angst, noch einmal alle seine Gefühle auf eine einzige Frau zu konzentrieren.«

Wir gingen langsam weiter und ich stellte mir Art als Zwölfjährigen vor, für den plötzlich beide Eltern nicht mehr erreichbar gewesen waren. »Und wer hat sich um dich gekümmert?«, fragte ich.

»Meine Tante ist immer gekommen, hat mir was zu essen gemacht und so. Ihre dämliche Theorie war, Dad muss eben mit seinem Kummer fertig werden. Für mich sah das so aus, dass immer irgendwelche Frauen bei ihm waren, wenn eigentlich ich gern mit ihm zusammen gewesen wäre.«

»O Art, wie schrecklich, das ist ja ...«

Er zog die Schultern hoch. »Alles Vergangenheit.«

Aber es ist in dir, dachte ich, und es tut immer noch so weh, dass du kaum darüber sprechen kannst.

Wir waren wie Flüchtige, die keinem Bekannten in die Arme laufen wollten. Schließlich fanden wir einen abgelegenen Pub. Auf einer Eckbank setzten wir uns eng nebeneinander und ich lehnte mich an seine Schulter.

Er redet, dachte ich, endlich redet er. In den letzten zehn Minuten habe ich mehr über ihn erfahren als in all der Zeit, die ich ihn schon kenne. Das Drama, das wir durchgemacht hatten, der ganze Schmerz – dafür, dass wir einander jetzt so nah waren, hatte es sich gelohnt.

Art hatte meine Hand genommen und betrachtete sie ernst. Dann murmelte er: »Coll ... äh ... willst du ... würdest du ...?« Er verstummte.

Einen verrückten Augenblick lang dachte ich, er wolle mich fragen, ob ich ihn heiraten würde oder so. In seiner Stimme lag etwas so Gewichtiges. »Würdest du ... willst du am Samstag mitkommen? Zum Spiel?«, sagte er endlich.

»Spiel? Was für ein Spiel?«

»Ich muss spielen. Du weißt schon ... Rugby. Es ist das letzte Spiel der Saison. Magst du mitkommen?«

Natürlich sagte ich Ja. Hätte er mich aufgefordert, ihm zuzusehen, wie er einer Farbe beim Trocknen zusieht, hätte ich auch Ja gesagt. Er fing an zu erzählen, von seiner Mannschaft und wie gern er spielte; bald schweiften meine Gedanken ab und ich hörte nicht mehr richtig zu, was er sagte. Ich genoss es, dass er mir seine ganze Aufmerksamkeit widmete, dass er mir in die Augen sah. Ich erwiderte seinen Blick, registrierte jeden Ausdruck in seinem Gesicht und saugte die Freude auf, die in seiner Stimme lag.

Kurz darauf verließen wir den Pub und gingen eng umschlungen auf einem langen Umweg nach Hause. Wir kamen zu einem hoch aufgeschossenen Baum, der den Eingang zu einem kleinen Seitengässchen beschattete, und blieben stehen. Es schien uns die natürlichste Sache der Welt, dass wir in dem Gässchen verschwanden.

Art lehnte sich an die Mauer und sagte: »Coll. Danke, dass du wieder mit mir gehst. Tust du doch, oder? Es war keine einmalige Sache?«

Ich lachte und legte meine Arme um seinen Hals, dann küsste ich ihn. Wir küssten langsam, zuerst ich, dann er und wieder ich und er und ich und er. Als wir aufhörten, ließ ich meine Hände an seiner Brust abwärts gleiten und plötzlich hörte ich mich vor Vergnügen stöhnen.

»Was war das?«, fragte er grinsend.

»Was?«

»Dieses *Mmmhmm*. Dieses Stöhnen. Du hast dich angehört wie eine vom Telefonsex.«

»Woher weißt du das? Wählst du etwa solche Nummern?«

Er zog mich an sich und sagte mit heißem Atem: »Coll, das war Wollust. Gib zu, dass ich dich verrückt mache.«

»Hör auf«, lachte ich. »Komm, wir gehen.«

»Noch nicht«, sagte er und ließ einen brennenden Blick unter den Augenwimpern hervorflackern. »Bitte.«

Ich lachte wieder. Er umschlang mich mit Armen und Beinen, küsste mich auf den Mund und hinunter bis zum Hals und seine Hände tasteten sich in mein Sweatshirt. Sag, er soll aufhören, mahnte etwas in meinem Hinterkopf. Aber ich sagte nichts.

4

Val fiel vor Lachen fast vom Stuhl, als ich ihr erzählte, dass ich Art beim Rugbyspielen zusehen würde. »Und? Wie steht's mit deinen Pompons?«, kicherte sie hysterisch.

»Meine *was*?«

»Deine Pompons. Du musst in jeder Hand einen Pompon schwenken und außerdem brauchst du ein kurzes Röckchen und dann rufst du: ›He, he, he, ihr seid voll okay!‹«

»Val …«

»… und dann streckst du den Hintern in die Luft, guckst zwischen den Beinen durch und schreist: ›Los, Jungs, auf geht's! Ihr gewinnt – wir glauben an euch!‹«

»Val, soll ich dir eine scheuern?«

»Sorry … sorry«, sprudelte sie. »Aber he, der war gut, der Spruch.«

»Nein, war er nicht. Er war peinlich. Und was du da vorführst, ist *Cheerleading*. Ich geh doch nicht als Cheerleader!«

»So gut wie. Du stellst dich an die Auslinie und schaust dir ein abscheuliches Spiel an, nur weil dein Wunderjüngling mitspielt – das ist Cheerleading, finde ich. Schlimmer noch. Nicht mal so komisch.«

»Halt die Klappe, Val. Es … es interessiert mich eben.«

»Ach, Quatsch. Es interessiert dich nicht die Bohne. Keine Ahnung hast du von Rugby.«

»Eben schon.«

»Also gut. Wie werden die Punkte gezählt?«

Peng, ich saß in der Falle und Val wusste es. Niedergeschlagen ließ ich den Kopf hängen. »O Val, ich *muss* hingehen. Er wird nach mir Ausschau halten.«

»Wieso? Du bist in keiner Mannschaft. Du kannst Wettkampfsport nicht ausstehen.«

»Na gut, Val, stimmt! Aber wenn du sein Gesicht gesehen hättest, als er mich gefragt hat ... Es war, als wolle er mich teilnehmen lassen an ... an diesem besonderen Ereignis ... Ich meine, ich habe mich geehrt gefühlt ...«

Verzweifelt hatte Val die Augen geschlossen. »Dir ist nicht zu helfen, Mädchen«, sagte sie.

Wenn schon Val so vernichtend reagiert hat, wird Mum erst recht ätzend sein, dachte ich voller Überzeugung. Aber da musste ich durch. Am Samstagnachmittag, ich saß auf der Treppe und zog meine alten Turnschuhe an, tauchte Mum aus der Küche auf und fragte: »Na, willst du wandern gehen?«

Ich zögerte nur kurz. »Ich sehe Art beim Rugbyspielen zu«, murmelte ich.

»RUGBY? Art spielt Rugby? Da kann ich nur gratulieren.«

Manchmal denke ich, wenn diese Frau hundert Jahre alt wird, wird sie mich noch immer in Erstaunen versetzen.

»Du findest Rugby gut?«, sagte ich ruhig.

»Großer Gott, nein. Ein barbarisches Spiel. Aber es ist gut für sie. Für Jungen, meine ich. Es nimmt ihnen einen Teil ihrer Aggressionen. Besser, sie schlagen sich auf dem Spielfeld gegenseitig die Köpfe ein, als dass sie anderswo randalieren. Verstehst du, Colette, MÄNNLICHE ENERGIE lässt sich im zwanzigsten Jahrhundert nicht mehr produktiv einsetzen. Die Kraft, die einmal lebensnotwendig war, um Mammuts zu erlegen und sich gegen Räuber zu wehren – diese Kraft muss GESTEUERT werden und Rugby ...«

»Mum ...«

»... ist nicht die schlechteste Methode. Reden tun sie von Geschicklichkeit und Fairness, aber in Wahrheit wollen sie am liebsten mit ihren Äxten und gehörnten Helmen zur Küste stürmen, um Eindringlinge zu zerfleischen ...«

»MUM!«

»Ja?«

»Bist du fertig? Sag mal ... wie kommst du auf solchen Unsinn?«

Sie zog die Schultern hoch. »Ich hätte gedacht, das versteht sich von selbst«, sagte sie und rauschte die Treppe hinauf.

5

Nicht lange, da hörte ich draußen eine Autohupe und lief hinaus. Ich hatte Art schwören müssen, schnell rauszukommen, damit er meiner Mutter nicht begegnen musste.

»Fertig?«, rief er über den Rücksitz gebeugt und ließ mich neben sich einsteigen.

Er hatte seine spezielle Haltung angenommen – zugeknöpft, abweisend, konzentriert. Außer ihm waren noch zwei andere Jungen da und im ganzen Auto herrschte eine Atmosphäre geballter Energie. Plötzlich stellte ich mir die Jungen mit Wikingerhelmen vor und ich musste mir auf die Lippe beißen, um nicht loszulachen. Vielen Dank, Mum, dachte ich, du hast mir sehr geholfen.

Ich fuhr mit ziemlich gemischten Gefühlen zu diesem Spiel und so schnell würde ich die auch nicht auf die Reihe kriegen. Ich freute mich, dass Art mich gefragt hatte – ich freute mich wirklich. Und ich wollte ihn spielen sehen, obwohl es mich wahrscheinlich ein bisschen langweilen würde. Andererseits hatten Val und ich uns immer gnadenlos lustig gemacht über Mädchen, die überall hinlaufen, nur weil ihr Freund dabei ist. Jede Form von Machoverhalten hatten wir doof gefunden. Und jetzt machte ich sozusagen eine Kehrtwendung um hundertachtzig Grad ...

Auf dem Sportplatz führte Art mich zum Spielfeldrand, wo

25

in todschicken Anoraks und mit verschränkten Armen ein paar Mädchen standen und plauderten.

Ich bin eine Freundin, die ihrem Freund zujubelt, dachte ich. O Schande.

»He, Meg«, rief Art und ein dunkelhaariges Mädchen drehte sich zu ihm um.

»He, Ponso«, antwortete sie.

»Das ist Coll«, sagte er. Ich lächelte nervös.

»Du hast deine Freundin noch nie mit hierher gebracht«, sagte sie mit stark walisischem Akzent. »Das ist das erste Mal.«

Ich war noch damit beschäftigt, mir nichts von meiner tiefen Befriedigung anmerken zu lassen, da wandte sie sich an mich und sagte: »Er ist ein miserabler Spieler. Ich verstehe nicht, warum sie ihn in der Mannschaft lassen.«

»Ach Meg, verpiss dich«, sagte er. »Coll … ich muss gehen.«

Ein Abschiedskuss schien nicht üblich zu sein. Er lief zum Klubhaus.

»Leider verstehe ich nicht viel von Rugby«, sagte ich zu Meg.

»Weniger als die da kannst du gar nicht verstehen«, sagte sie und nickte zu dem Häuflein der jubelnden Freundinnen hin. »Sie brauchen die Hälfte der Spielzeit, um rauszukriegen, wer auf welcher Seite spielt.«

»Aha. Und Art ist wirklich ein miserabler Spieler?«

»Ach was. Sollte nur eine kleine Ermutigung sein.«

Mehr und mehr Leute kamen und stellten sich rund ums Spielfeld. »Ganze Menge Zuschauer«, sagte Meg beifällig. Plötzlich klatschten alle, ich sah mich um und da lief eine Schar hoch gewachsener Jungen in blauen Trikots auf das Spielfeld. Dann kam eine zweite Gruppe in grünen Trikots heraus. Ihre Schuhe machten ein komisches Geräusch beim Laufen – als würden sie schnell marschieren. Es war wie der Beginn einer Schlacht.

»Gott, sieh nur, wie groß die sind«, flüsterte ich. »Die Hälfte von ihnen hat keine Hälse! Sieh mal, der hässliche Kerl da …«

»Da ist mein Bruder!«, sagte Meg liebevoll. Hastig zog ich meinen Zeigefinger ein.

Art lief als Letzter aufs Spielfeld. »Was hat er mit seinen Zähnen gemacht?«, rief ich entsetzt.

Verwundert starrte Meg mich an. »Weißt du denn überhaupt nichts?«, sagte sie. »Das ist ein Mundschutz. Nur die Ponsos tragen ihn.«

Ein Pfiff ertönte und ein Spieler schoss den Ball in die Luft. Art sprang danach, aber ein anderer sprang auch. Es gab einen dumpfen Knall und beide stürzten krachend zu Boden. »Oje!«, jammerte ich. Dann kam Art wieder auf die Füße und rannte hinter dem Ball her, aber im Nu lag er wieder auf dem Boden, diesmal in einem Knäuel aufeinander eindreschender Arme und Beine.

»Oh!«, wimmerte ich. »Er wird sich verletzen!«

Lachend erklärte mir Meg die Grundregeln des Spiels, aber ich konnte mich nicht konzentrieren. Unmöglich, sich für das Punktesystem zu interessieren, wenn man gleichzeitig sah, dass mit hoher Wahrscheinlichkeit dem einen oder anderen Spieler der Kopf abgerissen wurde. Fasziniert und entsetzt sah ich zu, rang die Hände und jedes Mal, wenn sich alle wüst aufeinander stürzten oder Art zu Boden ging, jammerte ich: »O nein!« Es war alles so schnell, so wild. Wie hatte ich glauben können, dass es mich langweilen würde? Ich war gefesselt.

Vielleicht kommt daher Arts lockere Einstellung zu Sex, dachte ich. Wenn man daran gewöhnt ist, seinem Körper so etwas zuzumuten, ist Sex vielleicht keine so große Sache.

Nach einer halben Stunde oder so stand es unentschieden: zwei Straftritte, einer auf jeder Seite. »Gleich Halbzeit«, sagte Meg bedauernd. »Noch nicht viel los.«

Fassungslos sah ich sie an. Nicht viel los? War sie denn blind?

»Das ist ja wohl nicht wahr«, sprudelte ich. »So ein blödes Spiel! Warum lassen sie den Ball nicht ganz weg und schlagen sich gleich gegenseitig zu Mus? Wie können sie sich das antun?«

»Sei nicht dämlich, Mädchen«, sagte Meg.

Da brach plötzlich Megs Bruder durch das Gedränge der Spieler, er hatte den Ball. Er preschte vor, kämpfte sich zwischen zwei anderen Spielern durch, aber dann brachte ihn ein dritter zu Fall. Im Sturz warf er den Ball und Art fing ihn. Jetzt rannte Art davon, irrsinnig schnell, raste auf die Linie zu, die Spieler der gegnerischen Mannschaft preschten zu ihm hin.

»LOS!!LOS!!« Ich hörte mich schreien.

»LAUF!«, heulte Meg.

Einer kam von rechts, aber Art boxte sich den Weg frei und stürmte über die Linie. Zwei gegnerische Spieler hatten sich an ihn gehängt und alle drei gingen zu Boden.

»Geschafft?«, rief ich Meg durch den tosenden Applaus zu.

»Und wie!«, schrie sie zurück. Wir hüpften, trampelten und jubelten so laut, dass die versammelten Freundinnen empört zu uns hersahen.

Die Spieler auf dem Platz waren viel zurückhaltender. Art lief in die Mitte zurück, als Gratulation bekam er gerade mal zwei Klapse auf den Rücken.

»Gut gemacht, Ponso!«, rief Meg. Er sah zu mir her und grinste. Ich lächelte zurück. Ich spürte, wie ich schlichtweg dahinschmolz, als ich die Freude auf seinem Gesicht sah.

»Sei nicht zu stolz auf ihn«, sagte Meg. »Das Spiel ist noch nicht zu Ende.«

»Ich glaube, viel mehr kann ich nicht ertragen«, jammerte ich. »Kommst du immer her und siehst deinem Bruder zu?«

Sie nickte. »Wenn ich nicht gerade selber ein Spiel habe.«

Die zweite Halbzeit wurde noch wüster. Es gab weitere drei Straftritte – zwei für die anderen, einen für uns – und dann bekamen die anderen einen Versuch. Ein lächerlicher, mickriger, kleiner Versuch, dachte ich, nichts im Vergleich zu dem, was Art in der ersten Halbzeit geschafft hatte – aber ein Versuch immerhin. Die Gegner lagen vorn.

Meg brüllte unsere Spieler jetzt an, beschimpfte sie, ermutigte sie. Das Spiel wurde schneller und schneller, die Jungen stürmten durch den aufgewühlten Dreck über das gesamte Spielfeld und wieder zurück.

»Wir sind in der Nachspielzeit!«, sagte Meg verzweifelt. Wieder sah ich Art unter einem Haufen aus Armen und Beinen verschwinden, dann warf jemand den Ball, einer aus Arts Team fing ihn, die Spieler schwärmten aus, rannten vor, warfen sich gegenseitig den Ball zu, immer zurück, zurück, zurück. Dann jagte einer mit dem Ball davon, lief taumelnd durch die Reihen der Gegner und machte einen Riesensatz nach vorn – über die Linie.

Großer Tumult.

Mit einem perfekten Tritt wurde der Versuch erhöht. Noch ein wenig Hin und Her, dann ertönte der Schlusspfiff.

Wir hatten gewonnen.

Gemeinsam mit der begeisterten Meg, die über die mangelnde Angriffsbereitschaft der anderen Mannschaft schwadronierte, stolperte ich zum Klubraum. Mir war schwindlig. Was für ein exotisches Spektakel, dachte ich. Barbarisch. Brillant. Männer sind echt von einem anderen Planeten.

Es hatte toll ausgesehen, wie Art in vollem Tempo vorgeprescht war ... wie er den Versuch verwandelt hatte. Nie hatte ich ihn so engagiert erlebt, so verwegen. Unbezwingbar hatte er ausgesehen. Pass bloß auf, Coll, ermahnte ich mich streng. Du drehst noch durch.

Alle Zuschauer strömten ins Lokal, redeten, lachten. Große

Platten mit Obstkuchen und belegten Brötchen wurden hereingebracht und auf Tische gestellt. Meg holte mir was zu trinken.
Dann entstand Unruhe hinten im Raum und einer nach dem anderen kamen die Spieler beider Mannschaften durch die Tür,
geduscht und umgezogen. Sie rempelten einander an, lachten
und witzelten mit den Leuten. Alle klatschten noch einmal und
riefen Glückwünsche.

Ich war total aufgeregt. Ich verrenkte mir den Hals nach Art.
Zielstrebig steuerte Meg mitten in den Pulk der Spieler und ich
schob mich hinter ihr her. Da sah ich Art, er kam auf mich zu.
Sein Haar war feucht zurückgekämmt, er hatte eine tiefe
Schramme über der Augenbraue und einen blauen Fleck auf der
Wange. Mir stockte plötzlich der Atem, so sehr verlangte es
mich, ihm um den Hals zu fallen.

»He, Coll«, sagte er.

»Ihr habt gewonnen«, sagte ich atemlos. »Es war super, es
war einfach …«

»Deine Freundin hat sich solche Sorgen gemacht, dass sie dir
dein hübsches Gesicht einschlagen, sie konnte kaum aufrecht
stehen«, unterbrach Meg vergnügt. »Hast eine ganz schöne
Schau abgezogen.«

»Wie hast du das Spiel gefunden?«, fragte mich Art.

»Es war … ich finde, es war …«

»Hätte jeder gekonnt, bei diesem Versuch zu punkten, nach
einer solchen Vorlage von mir«, warf Megs Bruder ein, Art ver-
passte ihm einen Schubs, lachend und fluchend, und Meg sagte:
»Jedenfalls habt ihr gespielt wie eine Horde wild gewordener
Gänse.« Die Stimmung wurde ausgelassener, alle rissen Witze,
es wurde gefeiert.

Ich wusste nicht, was ich sagen, was ich tun sollte. Ich ge-
hörte nicht dazu, ich hatte nicht die richtigen Worte. Ich wollte
Art umarmen, weiter nichts, aber ich hielt mich zurück. Zwischen den Jungen gab es jede Menge Schulterklopfen und Rem-

peleien, aber zwischen Mädchen und Jungen lief nichts. Der Geräuschpegel stieg und ich drückte mich allmählich immer fester an Art, bis er seinen Arm um mich legte und sagte: »Hilfst du mir beim nächsten Mal wieder?«

»Bist du okay?«, fragte ich, als wir allein an der Theke standen. »Wirklich? Es hat ausgesehen, als ob sie dich zu Matsch geschlagen hätten.«

»Ich bin topfit.«

»Tut dir nichts weh?«

»Morgen werd ich ein bisschen lahm sein. Wie hast du das Spiel gefunden?«

»Art ... mir ist die Spucke weggeblieben. Ich meine, es war Wahnsinn. Halb finde ich, du bist ein Held, halb, du bist verrückt.«

»Lass es ruhig bei der ersten Hälfte«, sagte er großspurig, während wir mit unseren Gläsern wieder zu den anderen gingen. »Klar bin ich ein Held!« Dummerweise hörte Megs Bruder diesen Spruch und es hagelte Anspielungen und Frotzeleien. Nachdem sich alles wieder beruhigt hatte, schoben Art und ich uns langsam aber beständig an den Rand der Gruppe. Wir standen nebeneinander, tranken, schwiegen und dann nahm Art mich an der Hand und zog mich zur Tür.

»Ich will dir was zeigen«, sagte er. »Du wirst dich kringeln vor Lachen.«

Hand in Hand gingen wir die Treppe hinauf und kamen in einen großen Raum mit einem langen Tisch in der Mitte und einer Reihe von Chrom- und Ledersesseln. »Das ist der Tagungsraum«, erklärte Art. »Sieh dir mal die Wand dort an.«

Langsam ging ich durch den Raum. An der gegenüberliegenden Wand hingen reihenweise längliche, gerahmte Fotografien. Heerscharen von Schul-Rugby-Mannschaften – lange Shorts bei den Mannschaften aus den Fünfzigern, lange Haare bei denen aus den Siebzigern, alle sitzend, alle in gleicher Pose mit gekreuzten Armen und entschlossenen Gesichtern. »Du hast Recht«, sagte ich, während ich langsam an den Fotos vorbeiging, »die sehen echt witzig aus.« Ich kicherte vor mich hin. Art stellte sich dicht hinter mich, schlang seine Arme um meine Taille, vergrub sein Gesicht in meinem Haar – und mir dämmerte der wahre Grund, warum er mit mir in diesen abgelegenen Raum gegangen war.

»Wo ist euer Foto?«, fragte ich. »Euer Mannschaftsfoto? Ich wette, das ist zum Schreien.«

»Fehlt noch«, sagte er. »Wir sind noch nicht gut genug.«

Ich wandte den Kopf und rieb meine Wange an seinem Mund und er legte die Hände auf meine Brüste. Ich drehte mich in seine Arme und sah ihn an. »Doch, ihr seid gut genug«, sagte ich. »Ich kann's immer noch nicht fassen, wie hart du gekämpft hast.« Ich streichelte ihn neben der Schramme über der Augenbraue.

Art zog meine Hand aus seinem Gesicht, drückte mich eng an sich und fing an mich zu küssen. »Art«, murmelte ich, »jemand könnte reinkommen.«

»Willst du dich lieber verstecken?«

»Wo?«

Er nickte zu einem großen Ledersofa hin, das hoch wie eine Barrikade in der Ecke stand. »Dahinter?«

Schweigend gingen wir hinüber und setzten uns hinter das Sofa, ein bisschen verlegen, ein bisschen albern, dann nahm Art mich in den Arm und wir rutschten auf den Teppich, bis wir nebeneinander lagen. Erst jetzt fingen wir richtig an zu küssen und holten die Zeit in der Kneipe nach, in der wir uns nur hatten anschauen können. Dann schob er sich halb auf mich, streichelte mein Haar, meinen Hals, meine Brüste, ließ die Hände über meinen Körper gleiten, hinunter und wieder hinauf, zwängte die Finger in den Bund meiner Jeans. Ich hörte seinen Atem, schneller und schneller, und plötzlich zuckte die Erinnerung in mir auf, die Erinnerung an das letzte Mal, als wir im hohen Gras hinter dem Landhaus seines Vaters ganz ähnlich miteinander geschmust hatten, vor zwei Wochen, bevor alles zerbrochen war.

»Was ist los?«, sagte Art.

»Was meinst du?«

»Du bist auf einmal so ... so abwesend.«

»Ich habe nur ... ich habe an *damals* gedacht. Im Garten hinter dem Landhaus.«

»O Gott.« Er drehte sich weg und setzte sich. »Tut mir Leid, Coll.«

»Nein«, sagte ich, »nicht das. Meine Güte, wenn du wüsstest, wie ich ...« Dann rollte ich mich auf ihn und küsste ihn. Es ist jetzt anders, total anders, dachte ich wild entschlossen. Ich bin doch kein Opfer, ich habe mich entschieden. Ich knöpfte sein Hemd auf und küsste seine Brust, dann, in einer Art von Verzweiflung, knöpfte ich seine Jeans auf und er half mir dabei, wie er mir in jener Nacht im Garten geholfen hatte.

»Coll«, stöhnte er nach einer Weile. »Coll, hör auf. Wir sollten lieber gehen.«

»Hast wohl Angst«, murmelte ich, »sie werfen dich aus der Mannschaft, wenn wir hier erwischt werden?«

»So ähnlich«, brummte er und lächelte.

Irgendwie war ich erleichtert, als wir aufstanden und Hand in Hand miteinander die Treppe hinuntergingen. Niemand im Lokal schien uns vermisst zu haben, alle waren im Aufbruch. Arts Kumpel, der nichts getrunken hatte, nahm uns im Auto mit und setzte uns in meiner Straße ab. Wir machten zwei Schritte auf unser Haus zu, dann blieb Art stehen und küsste mich wieder. Beide ahnten wir, dass es viel zu bedeuten hatte, was in dem leeren Tagungsraum passiert war. Und dass ich mitgekommen war und ihn hatte spielen sehen und eine andere

Seite von ihm kennen gelernt hatte, auch das war wichtig, aber keiner wollte darüber reden.

Es war auch nicht nötig.

6

Wir schafften es, uns in den nächsten zwei Wochen ein paar Mal zu treffen. Art wollte nicht zu mir nach Hause kommen, weil er einen Horror vor Mum hatte, und ich wollte nicht zu ihm nach Hause gehen, weil ich bei dem bloßen Gedanken an eine Begegnung mit seinem Vater vor Verlegenheit im Erdboden hätte versinken können. Aber wir fanden andere geeignete Stellen.

Manchmal war es komisch – als hätten wir eine heimliche Liebschaft. Ich hätte mir gewünscht, dass unser Zusammensein ohne solche Heimlichtuerei möglich gewesen wäre und ohne dass wir uns vor aller Welt abkapselten. Doch meistens konnte ich mich uneingeschränkt freuen. Die Spannung zwischen uns wurde immer stärker. Es knisterte bei allem, was wir taten, es knisterte hinter allem, was wir sagten. Wie von einer Art Hunger getrieben, waren wir ständig auf der Suche nach Orten, wo wir ungestört sein konnten, und warteten darauf, dass es dunkel wurde in den Straßen.

Und immer noch redete Art. Nicht so viel Persönliches; nicht über mich und sich. Die unglaubliche Offenheit zwischen uns, die in den ersten Tagen nach unserer Versöhnung entstanden war, hatte etwas nachgelassen. Zwangsläufig, dachte ich. Die Wunde verheilt und man kehrt zu Alltagsdingen zurück. Man baut Schutzmauern auf. Man kann nicht immer in Extremen leben. Was irgendwie schade ist.

Doch auch wenn er mir nicht ständig sagte, was er für mich

empfand, so ließ er mich jetzt viel stärker an seinen Gedanken teilhaben. Er hatte ein nüchternes Weltbild, das ich halb erfrischend, halb erschreckend fand – es hatte viel zu tun mit allein sein, unabhängig sein, frei sein. Solange sich unsere Ansichten trafen, solange wir auf derselben Wellenlänge aneinander rasselten, so lange war es immer spannend. Mit Humor hatte Art nicht viel am Hut – es verblüffte ihn, dass ich Humor schätzte, er sagte, er kenne kein anderes Mädchen mit Sinn für Humor. Deshalb empfand ich es jedes Mal als große Leistung, wenn ich ihn zum Lachen brachte.

Ich war wie berauscht von ihm. Wenn wir zusammen waren, konnte ich die Augen nicht von ihm wenden, und wenn ich allein war, dachte ich die ganze Zeit nur an ihn. Das machte mir manchmal Angst, weil ich mich seiner noch immer nicht sicher fühlte, nicht die Spur; aber auf keinen Fall sollte dieser Rausch aufhören.

Im Hintergrund achteten Mum und Val wie zwei grimmige Wächter auf mein Wohl. Die ganze Zeit spürte ich, wie sie mich beobachteten, ich spürte ihre Sorge und Missbilligung, die sie nur mit Mühe zurückhielten.

Mum beschränkte sich auf lange, bedeutungsschwere Blicke, wenn sie mich dabei ertappte, wie ich ins Telefon hauchte oder nach dem Schwimmen am Donnerstag spät nach Hause kam oder ohne Erklärung aus dem Haus ging. Ihr Urteil über Art lag wie ein Felsbrocken in der Landschaft. Stumm, aber massiv und immer voll im Blickfeld.

Val war gesprächiger. Sie machte spöttische Bemerkungen wie: »Gut siehst du aus, Coll. Der *Wunderjüngling* muss ja *wundervoll* gewesen sein, gestern Abend!« Oder: »Gehst du am Freitag mit uns weg? Ach was, dumme Frage! Du musst dich ja deinem Traummann zu Füßen werfen.« Sie hatte mir von Anfang an über ihre Beziehung zu Greg erzählt; wie achtsam und fürsorglich und verantwortungsvoll und total anders als Art er sei. Na ja, das wusste ich alles, weil ich mehr oder weniger schon mal mit Greg gegangen bin. Ich ließ Val reden – das war einfacher, als mich immer zu rechtfertigen.

Eines Tages würden wir mit den Unstimmigkeiten zwischen uns aufräumen und uns wieder mehr umeinander kümmern müssen, aber für den Augenblick war mir der jetzige Umgangston ganz recht. Wirklich wichtig war mir in dieser Zeit nur, was zwischen Art und mir lief. Ob da andere dazupassten, interessierte mich nicht.

An einem trüben Sonntag ging ich zwei Stunden mit Art spazieren. Wir hatten eine große Diskussion über Lebenslügen, hinter denen Menschen herjagen, über Täuschungen, die sie aufbauen. Es war eine hitzige Debatte. Er warf mir vor, ich würde die Menschen zu positiv einschätzen; ich warf ihm vor, er sei ein Zyniker. Wir gingen in ein kleines Café und setzten unseren Streit bei Kaffee und Brötchen fort. Als wir bezahlt hatten und wieder draußen waren, blieb Art abrupt stehen und legte seine Arme um mich. »Ich streite gern mit dir, Coll«, sagte er. »Das ist super.«

Ich lachte, schmiegte mich an ihn und versuchte, mir meine Genugtuung nicht anmerken zu lassen. »Ich bin es nicht gewöhnt, mit Mädchen zu reden, auf die ich stehe«, sagte er.

»Eben. Das hast du verpasst«, sagte ich. »Das kommt von deinem männlichen Drang, alles in Schubladen zu stecken ...«

»O nein! Nicht wieder so ein Vortrag!«

»Ich meine ... alles hängt doch zusammen. Durch Reden haben wir uns besser kennen gelernt und jetzt würde ich ... ich ...«

Er drückte mich fest an sich. »*Was* würdest du jetzt?«

Ich antwortete nicht und er sagte: »Ich glaube, du hast Recht. Du weißt schon ... als du gesagt hast, dass man sich erst gut kennen soll, bevor man vögelt.«

»Natürlich habe ich Recht. Und bitte sag nicht vögeln, du Rüpel!«

»Und wir kennen uns jetzt besser. Hast du eben selber gesagt.«

Ich lachte und versuchte ihn wegzuschieben, aber er ließ mich nicht los. Dann holte ich tief Luft und sagte: »Ich habe immer diese Vorstellung gehabt von ganzheitlichem Sex.«

»*Was?* Ich hab ja schon viel gehört, aber ...«

»Ganzheitlicher Sex bedeutet, *alles* ist einbezogen – Verstand, Körper, Seele, Gefühl. Wenn sich zwei Menschen von allen Seiten kennen gelernt haben, können sie ... können sie miteinander verschmelzen. Dann ist Sex wirklich stark. Stelle ich mir vor.«

»Gott! Du und deine Reden.«

»Es muss etwas ganz Besonderes sein. Etwas, das einen total umkrempelt.«

»Das sind hohe Ansprüche. Die werde ich nie erfüllen können. Ich meine ... wenn ich ... wenn wir ...«

Ich lachte. »Musst du auch nicht. Das ist es ja gerade. Wenn man richtig vertraut ist miteinander ... muss es einfach von selbst so kommen.«

»Ganzheitlicher Sex«, wiederholte er. »Gefällt mir. Das ist mir irgendwie entgangen. Du hast mal gesagt, für mich sei Sex wie Sport, und du hattest Recht. Aber ich bin gut.«

»Gib nicht an. Das ist schäbig. Und dass du olympischer Standard bist, ist mir klar. Aber was *ganzheitlichen* Sex angeht – darin bist du Jungfrau wie ich.«

Darüber musste er lachen. Und dann liebten wir uns. Nicht bis zum Letzten, denn wir standen auf der Straße, aber trotzdem liebten wir uns.

Und das taten wir in diesen Wochen wieder und wieder, sobald wir ungestört waren und manchmal auch, wenn wir nicht ungestört waren. Jetzt wusste ich, Mum hatte Recht mit ihrer Ansicht, dass überstürzter Sex so grausam ist wie eine Hochzeitsnacht in viktorianischen Zeiten. Wenn man miteinander schläft, kaum dass man sich geküsst hat, kann man nicht erwarten, dass Sex Spaß macht. Man muss das Gefühl langsam entwickeln, man muss sich bereit fühlen.

Und ich fühlte mich jetzt bereit, ich war nah am Zerfließen. Art war sehr behutsam und wollte nichts erzwingen, aber ich glaube, wir wussten beide, dass es nicht mehr lange dauern konnte, bis wir miteinander schlafen würden.

7

Für Art und seine Freunde, die ein Jahr älter waren als ich, und für meine Freunde, war es das Jahr der Geburtstagsfeiern zum Achtzehnten. Eltern, die keine Party mehr für ihre Kinder ausgerichtet hatten, seit der Zeit, als Gummibärchen und Eis angesagt waren, buchten plötzlich Säle, orderten Heliumballons und führten Auseinandersetzungen über ältere Verwandte, die in die Gästeliste aufgenommen werden mussten. Oder sie sagten: Du weißt ja, dass es ein kostspieliges Jahr gewesen ist – lade doch einfach ein paar Freunde zum Pizzaessen ein.

Achtzehn sein, das war eine große Sache.

Am Samstagabend im Pub kramte Art eine zusammengeknüllte Karte aus der Tasche und gab sie mir. Darauf stand:

*Miss Stephanie Clancey bittet Art Johnson (und Begleitung)
um das Vergnügen seines Besuches zur Party am dritten
Mai anlässlich ihres achtzehnten Geburtstages.*

»Willst du meine Begleitung sein?«, fragte er. »Du stehst in Klammern.«

»Schmeichelhaft. Ja, bitte. Art, jetzt sieh dir an, was du mit der Einladungskarte gemacht hast. Sie ist so vornehm und du hast sie schon ruiniert. Du musst sie auf den Kaminsims stellen.«

»Warum?«

»Das macht man so. Wer ist Stephanie?«

»Ach ... ein Mädchen, das ich mal ...«

»Nicht schon wieder eine von deinen Exfreundinnen! Sonst geh ich nicht mit.«

»Nein, ich schwör's. Nur eine gute Bekannte. Nicht mal das. Aber ...«

»Was?«

»Na ja ... es wird jemand dort sein, dem ich nicht unbedingt in die Arme laufen will.«

»Ach ja? Und wer ist sie?«

»Ein Er. Joe. Ich glaube, wir lassen die Party lieber sausen.«

»Art ... erzähl's mir. Wer ist es?«

Er verzog das Gesicht. »Er war mal ein echt guter Freund. Aber wir haben uns gestritten. Es war blöd.«

»Mach mir nichts vor. Du hast ihm die Freundin ausgespannt oder so was?«

Eine lange, lange Pause entstand. »Mensch, Art! Du bist unmöglich.«

»Warum setzt du voraus, dass *ich* schuld war?«

»Okay. Was ist passiert?«

»Ich ... Seine Freundin hat sich an mich gehängt ...«

»ART!!«

»Sie war eine dumme Kuh. Ich weiß nicht, warum ich mich darauf eingelassen habe.«

»Du Mistkerl. Dein bester Freund!«

»Ich hab versucht, ihn anzurufen. Er wollte nicht mit mir reden. Er hat sie wirklich gemocht. Ich sagte, dass ich ihm nur einen Gefallen getan habe ...«

»O bitte ...«

»... weil ich ihm gezeigt habe, wie sie in Wirklichkeit ist.«

»Kein Wunder, dass er nicht mit dir sprechen wollte. Wie bist du nur auf so was gekommen?«

»Es war *sie*. Ich war betrunken. Und sie hat sich wirklich an mich rangemacht.«

»Weißt du, Art, irgendwann wirst du anfangen müssen, die Verantwortung zu übernehmen für das, was du tust. Du kannst nicht immer sagen, dein Vater hatte Schuld oder du warst betrunken oder die Mädchen sind verrückt nach dir ...« Ich nahm mein Glas und sagte selbstgerecht: »Vielleicht kannst du auf der Party die Sache kitten.«

»Glaube ich nicht. Er hat gesagt, schon der Gedanke an mich bringt ihn zum Kotzen.«

Ich lachte. »Nicht schlecht. Vielleicht versucht er ja, mich bei dir auszuspannen. Als Rache, weil du ihm seine Freundin weggeschnappt hast.«

Art sah mich an. »Er könnte dich bestimmt gut leiden.«

Als wir uns zum Abschied küssten, sagte Art: »Willst du nicht morgen mal zu uns kommen?«

»Eher würde ich mir die Beine abhacken lassen.«

»Du müsstest meinem alten Herren gar nicht unter die Augen kommen.«

»Aber ich würde ihm vielleicht zufällig begegnen. Ich kann mir sein Gesicht richtig vorstellen. Wie er sagt: Na, du letzte Vertreterin der geschützten Gattung Jungfrau ...«

»So redet er überhaupt nicht. Niemand redet so, außer in deinen verdrehten Gedanken. Und überhaupt«, fügte er hinzu und drückte mich fester an sich, »gehörst du jetzt einer bedrohten Gattung an.«

»Du Schleimer! Bring mich nicht auf die Palme.«

»Komm schon, Coll. Er stört sich nicht dran. Wir könnten direkt in mein Zimmer gehen.«

»Auf keinen Fall«, sagte ich.

Ich zerbrach mir den Kopf darüber, was ich auf der Schicki-micki-Party anziehen sollte. Nach den Verzierungen und dem Silberglanz auf der Einladungskarte zu urteilen, würden alle groß aufgeputzt erscheinen. Am Ende gab ich mein ganzes Geld für ein kurzes, schlichtes auberginefarbenes Kleid dran, das nach Mums Ansicht »meine sportliche Figur betonte«. Ich fand, wenn ich mein Haar lose auf die Schultern fallen ließe und meine drei großen Silberringe trüge, würde ich elegant genug aussehen.

»Wollen wir uns um sieben treffen?«, sagte Art. »Wir können vom Pub aus hingehen. Ich werde vorher was zu trinken brauchen.«

»Okay. Dann komm und hol mich ab.«

Art wurde blass. »*Abholen*? Bei dir zu Hause?«

»Ja.«

»Aber da begegne ich deiner Mutter.«

»Und?«

»Sie wird mich umbringen.«

»Nein, wird sie nicht. Du hast mich ja auch bekniet, ich soll zu euch kommen. Warum kannst du nicht zu uns kommen?«

»Weil deine Mutter … deine Mutter …«

»Sieh mal, Art … wir gehen wieder miteinander. Irgendwann wirst du ihr in die Augen sehen müssen.«

»O Gott«, sagte er und es klang so herzzerreißend, dass ich beinahe schwach geworden wäre.

Aber nur beinahe.

»Wir benehmen uns, als ob wir dauernd auf der Flucht wären, Art«, sagte ich fest. »Schleichen rum. Trauen uns kaum zu telefonieren. Es muss wieder normal werden. Wir müssen uns offen hinstellen und allen zeigen, dass wir wieder zusammen sind. Pass auf, du kommst zu uns, dann komme ich zu euch. Das ist doch ein Vorschlag?«

Als es am Samstagabend um zehn nach sieben an der Haus-tür klingelte, wollte ich sofort die Treppe hinunterstürmen, doch plötzlich zögerte ich. Ein kleiner boshafter Teufel war in mich gefahren – ein herrliches Gefühl. Ich setzte mich auf eine der Stufen, was ganz schön grausam war, denn jetzt musste Mum Art die Tür öffnen.

Man konnte förmlich spüren, wie sie Strahlen der Ablehnung versprühte, während sie ihn reinließ. Ich hörte, wie sie ihn mit eisiger Stimme in die Küche dirigierte. Langsam schlich ich die Treppe hinunter, um an der Küchentür zu horchen. Noch bevor ich ganz unten war, klingelte es wieder an der Haustür. Ich zog mich hinter die Krümmung der Treppe zurück und sah drei von Mums Freundinnen einmarschieren.

Mums Freundinnen sind wesentlich sanftmütiger, doch genau wie Mum von einer starken Anti-Männer-Haltung geprägt. Sie kommen regelmäßig zusammen und lauschen Mum, wenn sie über die Männer in ihrer aller Leben herzieht.

Es war perfektes Timing.

Alle verschwanden in der Küche. Auf Zehenspitzen lief ich die Treppe hinunter und versteckte mich neben der Tür. Ich hörte, wie Mum Art mit kaum verhüllter Abscheu in der Stimme vorstellte. Dann hörte ich, wie sie Art umringten und meckernd über ihn herfielen.

Der Wolf unter den Schafen! Ich konnte mir vorstellen, wie er mitten unter ihnen stand, nach Luft schnappte und kein Wort herausbrachte.

»Colls Freund? Aber ich dachte, das ist längst vorbei …«

»Du bist nicht auf dem Laufenden, Clare – das war vor Wochen! Jetzt sind sie wieder zusammen. WIE ES SCHEINT.«

»Oh! Na, solange Coll glücklich ist.«

»Das hoffe ich, dass sie glücklich ist. ICH HOFFE ES SEHR.«

»Sie ist ein so blitzgescheites Mädchen. Wie geht es ihr in der Oberstufe?«

»Nun, der Start war ganz gut. Ich bin sicher, sie wird es schaffen. Solange man sie nicht ABLENKT.«

»Wo ist Coll? Macht sie sich hübsch?«

»Gott, die Stunden, die ich früher darauf verwendet habe, mich für einen Mann hübsch zu machen. Na ja. Sie wird noch begreifen, dass Männer das nicht wert sind.«

»Wo wollt ihr denn hin, junger Mann? Auf eine Party?«

»Achtzehnter Geburtstag? Wie schön!«

»Schön? Ich möchte nicht noch mal achtzehn sein. Die schlimmste Zeit meines Lebens. Wenn ich damals gewusst hätte, was ich heute weiß...«

»Oh, doch, es ist schon schön. Und noch dazu ist Coll so hübsch. So sportlich. Das viele Schwimmen und Radfahren...«

»Üben Sie auch solch sportliche Betätigungen aus, Art? Wie Coll?«

Bei der letzten Frage konnte ich kaum noch an mich halten. Ich japste lautlos nach Luft, da wurde die Küchentür aufgerissen, Art stürzte heraus und klammerte sich an mich. Ich brüllte vor Lachen. Hastig schob er mich aus der Haustür und knallte sie hinter uns zu.

»Du Kuh!«, sagte er. »Du dumme Kuh!«

»O Gott, das war zum Schreien! Das war super!«

»Wie konntest du mir das antun? Na warte. Warte nur!«

»Was hat Mum zu dir gesagt?«

»Nichts. Brauchte sie gar nicht. Du hättest ihre Blicke sehen sollen. Als wäre ich irgendein Dreckhaufen, in den sie grade reingetreten ist – und wer waren diese Frauen? Sie haben mich von oben bis unten angeglotzt und ausgefragt...«

»Mann, das gefällt mir. Das finde ich einfach toll!«

»Du bist erledigt, Coll. So gut wie erledigt. Ich habe gesagt, dass ich zu euch nach Hause komme, nicht, dass ich mich vor ein Tribunal stelle.«

»Ich wünschte nur, ich wäre mit da drin gewesen«, rief ich heiser vor Lachen, »und hätte dein Gesicht gesehen.«

»Du hast immer noch einen Hass auf mich, wie? Musst du ja wohl. Was soll das gewesen sein? Eine Art Test?«

»Tut mir Leid, tut mir Leid«, sprudelte ich. »Auf alle Fälle hast du bestanden.«

Wir machten uns auf den Weg zum Pub und nach einer Weile konnte auch Art über das Komische an der Szene lachen. Und schon vertiefte er sich ernsthaft in Pläne, wie er es mir heimzahlen könnte. *Seinen* Teil der Abmachung habe er in solchem Maß übererfüllt, sagte er, dass ich niemals eine nur annähernd ebenbürtige Leistung würde erbringen können. Wir amüsierten uns so sehr, dass wir beinahe die schicke Party vergessen hätten. Schließlich brachen wir hastig auf und verließen den Pub.

Art fand das Haus. Es ragte groß und einschüchternd hinter schmiedeeisernen Toren auf. Während er an die Tür klopfte, befiel mich plötzliche Panik. Für Art war das hier nichts Besonderes – er war an Reichtum, Eleganz und exklusives Leben gewöhnt. Ich nicht. »Sehe ich gut aus?«, flüsterte ich. Spontane Komplimente waren nicht gerade Arts Stärke – man musste fragen.

»Toll«, sagte er. »Sehr sexy. Warum gehen wir überhaupt zu dieser dämlichen Party ...«

Die Tür ging auf und eine Frau in einem goldenen Kleid und mit stählernen Augen sah uns an. Unvermittelt lächelte sie. »*Dich* kenne ich«, bellte sie. »Du bist doch Ians Junge! Hereinspaziert!«

Zögernd traten wir über die Schwelle und Art murmelte – viel zu leise, als dass die Frau es hätte verstehen können: »Das ist Colette.« Sie verschwand durch eine Tür und rief mit lockender Stimme: »Stephanie! Es sind wieder Gäste gekommen, Liebes!«

Tatsächlich, hier ging es um die Form. Eher wie bei einer Hochzeits- als bei einer Geburtstagsfeier. Ich kam mir sehr klein vor, als ich mich umschaute. Drei Mädchen in hellen Rüschenkleidern kamen angerauscht, umschwärmten Art, wedelten mit den Armen und drückten ihm Küsse ins Gesicht.

»Oh, Arty, ich *freue* mich so, dass du gekommen bist!«

Arty, dachte ich. Gib mir Kraft. Sie beförderten ihn wie eine Trophäe in den großen Partyraum und ich dackelte hinterher. Ein Tablett mit Gläsern voll Punsch segelte unter meiner Nase vorbei, zu schnell, um eins zu erwischen. Keines der Mädchen nahm die geringste Notiz von mir. Möglicherweise hielten sie mich für ein Serviermädchen. Vielleicht war ich ja eher wie ein Serviermädchen gekleidet – im Vergleich zu ihnen. Dann wurden wieder Gäste angekündigt und das Empfangskomitee eilte davon. Art und ich verkrümelten uns in eine Ecke.

»Wie geht es dir, *Arty*?«, sagte ich. »Die haben dich ja beinahe aufgefressen.«

»Du bist nur neidisch«, antwortete er selbstgefällig.

»Bild dir nichts ein. Ich hasse dieses Küsschen-hier-und-Küsschen-da-Getue, ich könnte jedes Mal …« Doch was ich sagen wollte, erstickte in den Falten einer Schottenkaro-Weste.

»Colette!«, hörte ich. »So, so!« Es war Arts abscheulicher Möchtegernfreund Mark, der mich an seine Brust drückte. »Art hat gesagt, du wärst *Geschichte*!«

Taktvoll wie immer, dachte ich und schob ihn weg.

»Wieder zusammen, eh?«, sagte er. »Was ist passiert?«

»Wir können eben nicht voneinander lassen, Mark«, sagte Art trocken. »Du weißt ja, wie das ist.«

»Und ob«, schleimte Mark. »Und ob.« Er drehte sich um und sah anzüglich zu Sally hin, die gerade auf uns zukam. Sally war Marks Freundin; und sie war eine von Arts Exfreundinnen. Man brauchte kein besonderes Talent, um zu sehen, dass sie diese Rollen gern wieder vertauscht hätte. Sie ignorierte Mark, wand sich wie ein Hecht um Art und gurrte: »Wie *schön*, dich zu sehen! Oh – hi, Colette. Art, wie *geht* es dir? Wir haben dich *vermisst*! Joe ist auch hier. Hast du das gewusst?«

Nervös warf Art einen Blick über den Partyraum und ich fragte: »Wo ist Joe?«

»Dort«, sagte Mark und zeigte hin. »Im braunen Jackett. Soll ich ihn herüber...?«

»Hör auf«, murmelte Art. »Komm, wir holen uns was zu trinken.« Und er wandte sich ab.

»Willst du denn gar nicht mit ihm reden?«, zischte ich.

»Hör auf«, sagte er noch einmal.

Am Tisch mit den Getränken war Art im Nu von kreischenden Leuten umgeben. »Wo *hast* du bloß gesteckt?« Und: »Seit *Ewigkeiten* haben wir dich nicht gesehen!« Wird eine lustige Party, dachte ich mürrisch. Art war die ganze Aufmerksamkeit durchaus nicht unangenehm. Er warf sich affektiert das Haar aus der Stirn und grinste nach allen Seiten. Nach einer Weile war ich stocksauer. Ich leerte mein Glas, verließ den Raum und machte mich auf die Suche nach der Toilette. Soll er mich doch suchen, dachte ich – wenn er überhaupt bemerkt, dass ich nicht mehr da bin.

Ich blieb viel länger als nötig im Bad, toupierte mein Haar, trug frischen Lippenstift auf. Dann ging ich langsam wieder hinunter. Art stand noch immer mitten in einem Pulk von Leuten am Getränketisch. Blöder Kerl, dachte ich. Eher würde ich mir die Zunge abbeißen als hingehen und ihn am Ärmel zupfen! Ich stellte mich an die Wand, beobachtete finster all die übertrieben vornehm gekleideten Leute und fühlte mich total fehl am Platze. Wieder wurde ein Tablett mit Gläsern voll Punsch vorbeigetragen und diesmal war mein Griff erfolgreich.

Art, du Blödmann, dachte ich. Komm doch endlich! Ich spürte am ganzen Körper kleine, schmerzende Stiche, weil er mich so unbeachtet stehen ließ. Bleib realistisch, dachte ich, er gehört nicht zu den Jungen, die den ganzen Abend an deiner Seite kleben, und du gehörst nicht zu den Mädchen, die einen Beschützer brauchen. Trotzdem sollte man annehmen, dass er sich ein bisschen mehr um dich kümmert – wenn man bedenkt, dass du niemanden hier kennst. Und man sollte annehmen, dass er mit dir zusammen sein will ... Ich beobachtete, wie Sally sich wieder neben ihn drängte und über eine Bemerkung von ihm hysterisch zu lachen anfing. Mir kam der deprimierende Gedanke, wie merkwürdig es doch war, dass ein Luxusjunge wie Art mit einem so gewöhnlichen Mädchen wie mir gehen wollte – ein Gedanke, der mich noch kein einziges Mal gequält hatte, seit wir wieder zusammen waren.

Meine Stimmung wurde immer trübseliger. Langsam wanderte ich durch den ganzen Raum und kam schließlich zu dem großen Wintergarten auf der Rückseite des Hauses. Der Junge im braunen Jackett war hier, ganz allein, und sah hinaus in den Garten. Ich ging auf ihn zu.

»Du bist Joe, ja?«

8

Er drehte sich nach mir um. »Ja«, sagte er fragend. Er hatte ein angenehmes Gesicht – nicht gerade schön, aber interessant. Er war dunkel wie Art und er wirkte älter. Ruhiger irgendwie.

»Du kennst Art Johnson?«, fragte ich.

»Sollte ich *dich* kennen?«, fragte er zurück, aber nicht unverschämt.

»Nein. Mark hat mir gesagt, wer du bist – weißt du, das ist der Schwachkopf mit ...«

Er lächelte. »Ich kenne Mark.«

»Also ... ich heiße Colette. Ich bin mit Art zusammen.«

Seine Augenbrauen schoben sich hoch und ich ergänzte: »Er hat mir von eurem Krach erzählt.«

Ich weiß nicht, was in mich gefahren war. Der Punsch wahrscheinlich. Normalerweise bin ich nicht so aufdringlich.

»Wo ist er?«, fragte Joe.

»Da drüben«, sagte ich und deutete in die Richtung. »In dem Pulk.«

Joe sah hin. »Pflegt er wieder sein Ego. Der Sunnyboy.«

Ich lachte verblüfft, dann lachte er auch und sagte: »Wie kannst du's nur mit ihm aushalten?«

»Also ... momentan weiß ich nicht, ob ich's kann.«

»Was hat er dir über unseren Streit erzählt?«

»Dass es um ein Mädchen ging ... und dass es mehr ihre Schuld war als seine.«

Er wandte sich ab und sah hinaus in den Garten. »Bis heute bin ich nicht drüber weg, dass er das getan hat«, sagte er.

»Kann ich mir denken.«

Er drehte sich zu mir um. »Hat er dich geschickt, damit du mit mir reden sollst?«

»*Überhaupt nicht*. Als er dich gesehen hat, ist er gleich in die entgegengesetzte Richtung.«

Er lehnte sich an die Glaswand. »Was ist eigentlich so toll an Art? Das, was alle so attraktiv finden?«

Ich zog die Schultern hoch. »Ja. Und mehr.«

»Na, viel Glück. Vielleicht kannst du dich länger halten als die anderen.«

»Danke«, sagte ich und ignorierte den Sarkasmus in seiner Stimme. »Wir hatten uns schon mal getrennt. Alle halten mich für verrückt, dass ich mich wieder mit ihm einlasse ...« Und schon war ich mitten in der Geschichte über unseren Streit. Joe hörte zu, fragte hin und wieder, machte eine Bemerkung, lachte.

Wir hatten das ganze einleitende Geplänkel übersprungen, mit dem man sich gewöhnlich an jemanden herantastet, den man gerade kennen gelernt hat. Beide waren wir von Art schlecht behandelt worden und jetzt machten wir uns gründlich über ihn her.

Mit Joe konnte man gut reden. Anders als die meisten Jungen scheute er sich nicht, seine Ansichten und Vorstellungen offen zu sagen. Was ihm an Art gefallen hatte, sagte er, war das Talent, die beschissenen Seiten im Leben durchzustehen. Und ihm gefiel Arts unbekümmertes Wesen, auch wenn das viele Probleme schuf. Ich gab mir die größte Mühe, um ein paar Einzelheiten, Einblicke, *irgendetwas* aus Joe herauszubekommen, da sah er plötzlich erschrocken auf. Art war in den Wintergarten gekommen. Und er machte ein bitterböses Gesicht.

»Was soll das?«, sagte er. »Was zum Teufel tust du hier?«

»Ich unterhalte mich mit deinem Freund«, antwortete ich eine Spur zu laut. »Und falls du damit ein Problem hast, kann ich nur sagen: Fass dich an die eigene Nase.«

Damit rauschte ich hinaus in den Garten.

Hastig lief ich um die Hausecke und lehnte mich mit klopfendem Herzen an die Mauer. Im Geist spulte ich noch einmal meine letzten Worte ab und wünschte, ich hätte etwas gesagt, das ebenso inhaltsschwer geklungen und außerdem noch Sinn gehabt hätte.

Ich wartete, ob Art hinter mir herkommen würde, aber er kam nicht. Ich wartete auf Geräusche einer Schlägerei im Wintergarten, aber ich hörte nichts. Nicht einmal erhobene Stimmen.

Es war wie eine plötzliche Leere.

Nach einer Weile schlich ich mich um das Haus und zum Kücheneingang wieder hinein. Im Partyraum hatte man die Musik inzwischen voll aufgedreht, es wurde getanzt. Ich drückte mich an die Wand, um den zuckenden, wirbelnden Armen auszuweichen und schob mich langsam in Richtung Wintergarten. Joe und Art waren noch immer da, sie standen nebeneinander mit dem Rücken an einem Fenster. Beide hatten die Arme verschränkt; beide starrten auf einen Punkt vor ihren Füßen. Ich glaube, sie redeten, aber es war schwer zu erkennen.

»*Du* siehst aus wie ein Mädchen, das tanzen kann!«

Nervös drehte ich mich um, ein etwa fünfzigjähriger Mann stand vor mir. Mist. Der Vater des Geburtstagskindes wahrscheinlich. Ich musste höflich sein.

»Komm, ich möchte so gern Swing tanzen«, sagte der Mann sehnsüchtig. »Niemand von den jungen Leuten hier kann ordentlich tanzen.«

Er nahm mich bei der Hand und zog mich in die Mitte des Raumes. »Ich heiße Don«, sagte er. »Alter Freund der Familie. Ich zeige dir die Schritte.«

Folgsam ließ ich mich von ihm ins Schlepptau nehmen, aber die Sache ist die: Ich konnte ein bisschen Swing tanzen. Mein Onkel Max hatte es mir beigebracht. Swingen muss man einfach können, hatte er behauptet.

Don ging zur Musikanlage und wechselte die CDs. Es schien keinen der Tänzer zu stören. Die meisten merkten es wahrscheinlich nicht einmal. Dann zog er mich zu einer freien Stelle und rief: »Los!«

Nur halbherzig mitmachen hat keinen Sinn, dachte ich – und legte mich ins Zeug.

Er war ein phantastischer Tänzer. Viel besser als Onkel Max. Ich beherrschte nur die Grundschritte, aber bei seiner Führung kam ich mir richtig professionell vor. »Weiter!«, sagte er immer wieder. »Du bist gut!«

Ich lachte und tanzte weiter. Ein anderes Paar war stehen geblieben, um uns zuzuschauen, sie ließen uns mehr Platz. Dann änderte sich die Musik und Don fing mit komplizierteren Figuren an. Ich gab mir Mühe, es ihm gleichzutun, ich drehte mich aus seinem Arm und wieder zurück. Ich hatte einen großen Auftritt.

»Mach dich vom Acker, junger Mann«, sagte Don plötzlich. »Such dir selber eine Partnerin.«

Ich sah auf. Art beobachtete mich, halb ironisch, halb beeindruckt.

»Nicht aufhören«, befahl Don außer Atem. »Sag dem Kerl, er soll abhauen!«

Nach ein paar Minuten tönte aus der Ecke mit der Musikanlage Protestgeschrei und es kam etwas Langsames. »Teufel noch mal«, sagte Don und hielt in der Bewegung inne. Er ließ meine Hand los, drehte sich zu Art um und sagte: »Warst *du* das, junger Mann?«

Art antwortete nicht. Er schob sich zwischen uns, nahm mich in den Arm und ich legte meine Arme um ihn. Ich musste aufpassen, dass ich mich nicht verkrampfte vor lauter Freude, und dann tanzten wir.

»Wird aber auch Zeit«, sagte ich nach einer Weile. »Ich hab schon fast gedacht, ich bin allein auf diese Party gekommen.«

»Mein Gott, Coll, *du* bist doch weggelaufen.«

»Nur, weil du dauernd von Exfreundinnen umgeben warst.«

»Wie? Sally? Tu mir einen Gefallen: Findest du mich nicht romantisch, weil ich sie gebeten habe, was Langsames zu spielen?«

»Total romantisch.«

»Du bist ja richtig heiß, Coll. Du schwitzt.«

»Vielen Dank. Das kommt vom Swingtanzen.«

»Du warst gut.«

»Danke. Wo ist Joe?«

»Da drüben. Sie servieren jetzt was zu essen. Willst du?«

»Und? Habt ihr euch ausgesprochen?«, bohrte ich.

»So gut wie.«

»Worüber habt ihr geredet? Nachdem ich weg war?«

»Coll … wenn du denkst, es geht auf dein Konto, dass …«

»Na klar, denke ich das! Wenn ich nicht gewesen wäre …«

»Mein Gott. Du bist unerträglich, weißt du das?«

»… wärst du ihm den ganzen Abend lang aus dem Weg gegangen.«

Art blieb stehen. »Also gut«, sagte er. »Worüber hast *du* mit ihm geredet?«

»Das«, erklärte ich, »ist meine Sache.«

Wir drängelten uns durch, um uns etwas zu essen zu holen. Der Tisch bog sich unter der Last leckerer Sachen. Stephanies Mutter hatte ihrer Tochter alle Ehre gemacht.

»Hier, mein Stern«, sagte Art und gab mir einen Teller. »Tu ordentlich was drauf.« Und kichernd wie kleine Kinder fingen wir an, uns gegenseitig mal von diesem mal von jenem etwas auf die Teller zu laden. Ich spürte Arts Bewunderung, eine herrliche, grollende Bewunderung, die wahrscheinlich daher kam, dass ich mich nicht rumgedrückt und zugesehen hatte, wie er von klebrigen Schmeicheleien überschüttet wurde, sondern selber nach einem interessanten Zeitvertreib gesucht hatte. Zum Beispiel tanzen und seinen besten Freund ins Kreuzverhör nehmen. Um die Wahrheit zu sagen, ich war sehr zufrieden mit mir.

»Gibst du eine Party zu deinem achtzehnten Geburtstag?«, fragte ich Art, während wir aßen.

»Nicht, wenn's nicht unbedingt sein muss. Ich habe zum Sechzehnten eine gegeben. Es war furchtbar. Fran hat alles organisiert. Flitterkram und Ballons und alles. Ich war total betrunken und hätte fast eine Prügelei mit meinem alten Herrn angefangen. Und dann musste ich kotzen.«

»Wie nett. Und …«

»Ich hab mit fast allen Gästen rumgeknutscht.«

»War das vor oder nach dem Kotzen?«

Wir lachten noch, da tauchte Joe neben Art auf. »Ich geh jetzt«, verkündete er.

»Okay«, sagte Art.

»Man sieht sich.«

»Klar.«

Versöhnung auf Männerart, dachte ich. An Knappheit nicht zu überbieten.

Wir nahmen unsere Teller, ließen uns in einer Ecke auf dem Boden nieder, kuschelten uns aneinander und aßen. Es war so schön, dicht neben ihm zu sitzen und zu wissen, dass auch er nirgendwo anders sein wollte.

Stephanie kreischte vor Freude über eine riesige rosa Torte mit brennenden Kerzen, die gerade hereingefahren wurde.

»Davon will ich was«, sagte Art.

»Du Vielfraß!«

»Warum schneidet sie sie nicht endlich an?«

»Weil sie das Ritual in die Länge ziehen will. Diese Torte ist ein Symbol für ihre achtzehn Jahre.«

»Tolles Symbol. Eine rosa Torte.«

»Hast du ihr was geschenkt?«

Art zog die Schultern hoch. »Hätte ich sollen?«

»Na ja ... schon. Aber du hast dich ja von ihr abknutschen lassen. Das muss jedem Mädchen reichen.«

Er legte den Arm um mich. »*Wir* haben uns noch nicht abgeknutscht«, sagte er.

»Ist auch gut so. Es sind ja wohl schlechte Manieren, wenn man mit jemandem auf eine Party geht und dann ... und dann in einem Schwarm von Mädchen verschwindet. Ich bin immer noch stocksauer.«

»Joe hat gesagt, ich hätte dich nicht verdient.«

Das ging runter wie Honig. »Ja?«

»Reg dich ab. Er findet, ich verdiene überhaupt keine.«

»Oh.«

»Aber er kann dich gut leiden. Er hat gesagt, er wird mal anrufen, dann gehen wir miteinander was trinken.«

»Oh, Art, super. Das ist wirklich super.«

Art sah mich zärtlich an und im gleichen Moment erfüllten

die heiseren Klänge von »Happy Birthday« die Luft. Stephanie hatte ihre Geburtstagskerzen endlich ausgepustet. »Komm«, sagte Art und verzog das Gesicht, »lass uns hier weggehen. Wir verdrücken uns in den Garten.«

Niemand bemerkte, dass wir unsere Teller hinstellten und den Raum verließen. Die Lichter aus dem Wintergarten überfluteten den Rasen in der Nähe des Hauses und entlang der Grundstücksgrenze steckten auf Pfählen brennende Gartenlichter. Während wir uns vom Haus entfernten, merkte ich, dass noch ein anderes Licht brannte. Der Mond war fast voll.

»Sieh mal«, sagte Art. »Lass dir bloß keine Zähne und Krallen wachsen, Coll.«

»Werwölfe sind immer Männer«, sagte ich. »Frauen geben besser Vampire ab. Meine Güte, wie reich ist Stephanie eigentlich?«

Der Garten schien sich endlos zu dehnen. Hand in Hand spazierten wir weiter und ich war in solcher Hochstimmung, dass ich Art gestand, wie eingeschüchtert ich am Anfang gewesen war.

Er sah mich verwundert an. »Du? Eingeschüchtert? Wovon denn?«

»Du weißt schon … es ist alles so vornehm. Dieser ganze … aufwändige Lebensstil.«

Wir kamen an der Imitation einer griechischen Statue vorbei, die vor einem Gebüsch stand, und Art lachte. »Du machst wohl Witze. Das ist doch alles Mist.«

»Ja, aber teurer Mist«, sagte ich. »Sieh mal, sogar ein kleines Gartenhaus haben sie.«

Wir wollten es inspizieren. Art duckte den Kopf, ging hinein und ich folgte. Garten-Korbmöbel waren in der Mitte zusammengestellt, Liegestühle und Sonnenschirme stapelten sich entlang der Wände und durch die offene Tür schien der Mond.

Art ließ sich auf das Korbsofa fallen und klopfte aufs Polster. »Keine Mäuse«, meldete er. »Nicht mal Spinnen. Komm, Coll.« Erwartungsvoll sah er mich an.

Warum wird Mondlicht immer als kaltes Licht beschrieben? Es war lebendig; etwas Lebendiges, das bei uns in dem kleinen Holzhaus war. Silbrig. Wunderschön. Ich konnte es in mir spüren.

Das Sofa war gerade groß genug, dass wir uns zusammen hinlegen konnten, ich halb auf Art drauf. Der Mond beleuchtete unsere Arme, die wir umeinander schlangen, aber unsere Gesichter blieben im Dunkeln. Und als wir mit Küssen angefangen hatten, wusste ich, dass ich diesmal mehr wollte, jetzt sofort wollte ich mehr.

Wir pressten uns aneinander, mein Mund an seinem Hals, seiner auf meinem Gesicht und wir küssten uns, streichelten uns, bewegten uns – die ganze Zeit bewegten wir uns, als könnte etwas kaputtgehen, wenn wir damit aufhörten. Und ich fühlte mich so stark. Kein bisschen genötigt und manipuliert. Ich konnte Schritt halten mit Art.

»Coll«, murmelte er, als wir immer stürmischer wurden, »ist das … meinst du …«

Ich antwortete nicht. Seine Hand glitt außen an meinen Beinen hinab, dann innen entlang und wir waren so nah dran, so kurz davor und ich wollte weitermachen, weiter, bis über die Grenze, aber etwas hielt mich zurück, etwas hinderte mich, ich konnte Arts schnellen Atem hören und dann – hörten wir beide schrilles Gelächter vom Haus her.

Langsam und sachte wiegten wir uns hin und her, dann küssten wir uns. Und wir wussten, dass wir nicht miteinander schlafen würden, nicht an diesem Abend.

Der Mond war weitergezogen und hatte das Gartenhaus im Dunkeln gelassen. Wir gingen zum Haus zurück, wo wir feststellten, dass die Party in der Auflösung begriffen war. Wir stellten uns zur Abschiedsprozedur an und bedankten uns. Stephanie bestand darauf, Art und mir je ein matschiges Stück von der rosa verzierten Torte zu überreichen – in einer silbernen Serviette. »Ich konnte euch *nirgendwo* entdecken, als ich die Geburtstagstorte aufgeteilt habe«, sagte sie anzüglich, »aber ihr *müsst* ein Stück abbekommen.«

Dann flohen wir zum Eingang und die Auffahrt hinunter. Vor dem schmiedeeisernen Tor blieb ich kurz stehen und sah zur großen, bleichen Scheibe des Mondes hinauf. Art legte mir den Arm um die Schultern und sah auch hoch, dann stieß er plötzlich ein schauriges Wolfsgeheul aus.

»Hör auf«, fuhr ich ihn an. »Da wird man ja taub.«

»Tut mir Leid. Komm, wir gehen.«

Langsam bummelten wir nach Hause und aßen dabei Stephanies Geburtstagstorte. »Mir wird schlecht werden«, verkündete Art und knabberte einen breiten Streifen rosa Zuckerguss ab.

»Dann wirf es weg.«

»Nur noch einen Bissen. *Rgghh*.«

»Art«, sagte ich und versenkte den Rest meines Tortenstückes in einer Mülltonne, an der wir vorbeikamen, »wann hast du ... Du weißt schon. Zum ersten Mal.«

Er lachte. »Ich war ... das war kurz vor meinem fünfzehnten Geburtstag.«

»O Mann. Mit wem?«

»Es war auf einer von Frans Partys. Eine Menge Leute sind über Nacht geblieben und eine von den Frauen hatte mich ins Herz geschlossen ... Ich sollte ihr mein Zimmer überlassen, aber ich bin mit dringeblieben.«

Verblüfft starrte ich ihn an. »Du meinst, eine Freundin von Fran?«

»Nein, eine von Dad.«

»O Gott. Das ist noch schlimmer.«

»Sie war sehr viel jünger als er. Eine, mit der er zusammengearbeitet hat. Warum schaust du so angewidert? Es war toll. Für einen Vierzehnjährigen.«

»Wenn das einem *Mädchen* passieren würde ...«

»Würde der Kerl gerichtlich belangt werden. Ich weiß.«

»Und hat sie dir gefallen? Die Frau?«

»Sie hat mit mir geschlafen. Natürlich fand ich sie toll.«

»Und was war am nächsten Tag?«

»Sie ist schon zeitig gegangen. Wahrscheinlich war es ihr peinlich.«

»Klar. Als sie aufwachte und deine Cowboyausrüstung und die Legos sah ... Hat dein Vater davon gewusst?«

»Weiß nicht. Glaube schon. Ich war gerade aus dem Internat geflogen und ...«

»Ich wusste gar nicht, dass du auf einem Internat warst.«

»Sie haben mich hingeschickt, als ich dreizehn war. Ich war wirklich ein kleines Monster, als Dad wieder geheiratet hat – hab Fran das Leben ganz schön schwer gemacht. Sie hatten beide nichts zu lachen.«

»Und warum bist du aus der Schule geflogen?«

»Ach, was weiß ich. Drogen. Schwänzen.«

»Sexorgien.«

»Nein, das kam später«, sagte er spöttisch.

»Nicht viel später.«

»Jedenfalls, als ich nach Hause kam, hatte Dad anscheinend beschlossen, dass ich jetzt erwachsen sei. Er hat sich nicht mehr darum gekümmert, was ich mache.« Unvermittelt blieb Art stehen, drehte sich zu mir herum und sagte: »Morgen. Dein Teil der Abmachung. Ich hab's überlebt bei dir zu Hause – *mit Mühe und Not* – jetzt musst du zu mir kommen. Aber ich bin kein wüster Sadist, *du* brauchst niemandem zu begegnen. Nur mir.«

Ich holte tief Luft. »Sieh mal Art ... deinem Vater ist es vielleicht egal, was du in deinem Zimmer tust, aber auf keinen Fall will ich ...«

»Kapiert. Ich hab's kapiert. Du kommst nur zu Besuch. Wir spielen Schach oder so was.«

»Also gut. Wenn ich um … um elf komme, versprichst du mir, dass *du* die Tür aufmachst?«

»Versprochen.«

»Ich trau dir nicht. Du lässt deinen Vater aufmachen.«

»Wie du deine Mutter, meinst du? *Ich* könnte nicht so gemein sein!«

9

Dafür, dass Sonntag war, wachte ich früh auf. Zufrieden ging ich noch einmal alles durch, was auf der Party passiert war. Dann dachte ich an den heutigen Tag – und wand mich vor Unbehagen. Der Plan, mich in Arts Zimmer zu schleichen, gefiel mir nicht; ich kam mir immer erbärmlicher vor, dass ich Fran und Ian so aus dem Weg ging. Wenn Art und ich es verheimlichten, dass wir wieder miteinander gingen, sah es aus, als schämten wir uns dafür. Und so war es doch nicht. Kein bisschen.

Es ließ sich nicht länger aufschieben. Ich musste jetzt auf der Stelle aus dem Bett steigen, zu Fran und Ian gehen und ihnen offen ins Gesicht sehen. Schließlich hatte sich Art auch vor Mum hingestellt. Er hatte nur nicht damit gerechnet.

Eine halbe Stunde früher als abgemacht stand ich vor der schweren Haustür und klopfte. Ich fand es besser, ihnen zu begegnen, ohne dass Art dabei war. Fran machte auf. Sie fiel fast aus ihrem Seidenkimono, als sie mich sah.

»Co-lette …«, rief sie schrill. »Was für eine Überraschung!«

»Hallo, Fran«, sagte ich. »Wirklich eine Überraschung? Art und ich haben uns schon öfters wieder getroffen. Hast du das nicht gewusst?«

»Meine Liebe – nein. Ich hatte keine Ahnung. Komm doch rein.«

Ich folgte ihr in die elegante Designerküche. »Möchtest du Kaffee?«, fragte sie. »Ich habe gerade welchen gemacht.«

»Äh ... ja. Danke.«

»Ich glaube, Art schläft noch. Wenn er überhaupt nach Hause gekommen ist gestern Abend.« Sie ließ ein kleines, freudloses Lachen hören.

Fran goss Kaffee in die Tassen und forderte mich zum Sitzen auf. »Ist Ian da?«, fragte ich.

»Nein. Er joggt.«

Ich seufzte vor Erleichterung. »Mein Gott, es ist so peinlich«, sagte ich dann. »Ich meine, als wir das letzte Mal hier zusammen waren und Mum rumgeschrien hat ...«

Fran drückte mir die Hand. »Es ist nicht peinlich, Colette. Es ist schön, dich wieder zu sehen. Ich habe es so bedauert, als du und Art ... als ihr euch getrennt habt. Und deine Mutter konnte ich nur bewundern. Sie hat dich verteidigt wie ... wie eine Löwin.«

»Wie ein Rhinozeros eher.«

»Ach, Colette, meine Liebe! Ich wollte dir schon die ganze Zeit sagen, wie Leid es mir getan hat – die Sache mit dem Schlafzimmer. Ich war so sehr mit meinem eigenen Leben beschäftigt, dass ich nicht ...« Sie verstummte. Ich merkte, dass ihre Augen um die Ränder rot waren. Tatsächlich, sie war nicht die perfekt gestylte Fran wie sonst. »Aber egal«, sagte sie munter. »Was heißt das, ihr habt euch wieder getroffen?«

Ich wollte gerade Luft holen und alles erklären, da ging hinter uns die Tür und Ian erschien, rot im Gesicht, schwer atmend und sehr selbstzufrieden. Er sah mich – und musste gleich noch einmal hinsehen. »Lieber Gott. Was um Himmels willen tust denn *du* hier?«, sagte er.

»Guten Tag, Mr Johnson«, antwortete ich.

Er ging zur Spüle und klatschte sich kaltes Wasser ins Gesicht. Dann griff er nach einem Handtuch und drehte sich zu mir um. »Kommst du, um Art zu besuchen oder um eine Anklage gegen ihn einzureichen?«, fragte er.

»Ian!«, fuhr Fran ihn an.

Ich stand auf. »Ich komme, weil ich ihn besuchen will. Wir haben uns schon öfters wieder getroffen.«

»Ach ja? Sieh mal an.«

»Mr Johnson. Art und ich, wir haben vielleicht sehr unterschiedliche Elternhäuser, unterschiedliche Ansichten und Verhaltensweisen, aber wir ... wir mögen uns sehr.«

Er grinste mich an. »Wo ist Art? Noch im Bett?«

»Ich glaube«, sagte Fran.

»Ich bringe ihm eine Tasse Kaffee, ja?«, sagte ich tapfer.

Gespanntes Schweigen. Dann füllte Fran hastig eine zweite Tasse, goss mir noch einmal Kaffee nach und sagte ruhig: »Schön, dass du wieder mal da bist, Colette. Wirklich.«

Ich floh.

Oben trat ich leicht gegen Arts Tür, bekam keine Antwort, stieß die Tür mit der Hüfte auf und ging in sein Zimmer.

Er lag noch im Bett. Zwischen Kissen und Bettenberg guckte ein Haarbüschel heraus. Ich stellte den Kaffee ab, setzte mich aufs Bett und zupfte vorsichtig an dem Büschel.

Gestöhn, Gemurmel in allen Tonlagen, dann tauchte sein Gesicht auf und benommen sah er mich an.

»Oje!«, rief er und setzte sich auf. »Wie spät ist es? Das wollte ich nicht, Coll. Ich wollte ganz bestimmt unten sein und dich reinlassen ...«

»Reg dich ab. Ich bin früher gekommen. Ich fand, ich sollte mit deinen Leuten reden. Hier ist Kaffee.«

Er nahm die Tasse und trank, den Blick auf mein Gesicht geheftet. »Du meinst, du warst bei ihnen drin?«

»Ja.«

»Und?«

»Fran war nett. Dein Vater war ein Blödmann. Aber es ist mir egal. Ich hab's getan.«

»Ein bisschen was von einer Heldin hast du schon, oder?«

»Ich bin eben eine Superfrau. Gott, fühle ich mich gut! Gestern Abend habe ich dich dazu gebracht, dass du wieder mit Joe redest, und heute habe ich mich vor deinen Vater hingestellt. Ich bin perfekt. Ich bin ...«

»Sei still und komm zu mir ins Bett.«

»Könnte dir so passen. Du riechst wie eine ganze Brauerei.«

Er nahm noch einen Schluck Kaffee. »Das Gesicht von meinem alten Herrn hätte ich gern gesehen.«

»Erfreut war er nicht bei meinem Anblick. Nicht die Spur. Fran schon eher.«

»Sie mag dich. Gott weiß, warum.«

»Sie hat gesagt, Mum war wie eine Löwin«, sagte ich und lachte. »Und deinen Vater hat sie angeschnauzt. Das habe ich noch nie erlebt.«

»Geht ihnen ziemlich dreckig im Moment«, sagte Art. »Jede Menge Streit. Ich glaube nicht, dass sie noch lange zusammenbleiben.«

Dann trank er seinen Kaffee aus, wickelte sich die Bettdecke um und schlurfte aus dem Zimmer. Fünf Minuten später erschien er wieder, mit feuchten Haaren und in ein großes gelbes Handtuch gehüllt.

»Ich habe geduscht«, meldete er.

»Schön«, sagte ich.

»Coll ...«

»Nein. Nicht hier. Nicht jetzt. Nicht, wenn die beiden unten sind.« Ich stand auf und schlang die Arme um seinen feuchten Hals.

»Wann dann?«, sagte er nach einer Weile. »Wo?«

»Wann wo was?«

»Du weißt schon. Du weißt, was ich meine.«

»Siehst du? Schon wieder. Du musst deine Hemmung überwinden, die dir jedes Mal in die Quere kommt, Art, wenn du über Sex reden willst.«

»Bring mich jetzt bloß nicht auf die Palme.«

»Und ein Wörterbuch könntest du auch gebrauchen. Dein Vokabular ist ganz schön beschränkt.«

»Coll«, stöhnte er, »wenn wir es nicht bald tun, dann ...«

»Tun? *Es* tun? Siehst du?«

»Hier bei mir passt es doch prima.«

»Nein.«

»Sie scheren sich nicht drum. Wir können die Tür absperren.«

»*Nein.*«

»Gestern Abend war es so ...«

»Ich weiß. Ich weiß, Art. Für mich auch.«

»Na gut. Dann gehen wir eben hinter ein Bushäuschen.«

»Du bist einfach abscheulich«, sagte ich. »Es wird sich schon was finden.«

10

Mit Art über Sex zu reden, war nicht leicht. Witze machen, ja, aber nicht reden.

Über alles redeten wir, nur nicht über uns, über unsere Beziehung. Es lag genauso an mir wie an ihm. Ich wäre eher gestorben, bevor ich ihm gesagt hätte, wie verrückt ich nach ihm war. Ich hatte das Gefühl, als würde ich damit zu viel preisgeben.

All diese Geschichten und Werbespots, in denen die Leute so verliebt und unbefangen sind, in Zeitlupe aufeinander zulaufen und sich frei und offen aus großen Augen bewundern! Wie bringen die das fertig? Haben die keine Angst? Angst vor dem Strudel, in den sie geraten sind? Angst vor ihren eigenen Empfindungen? Ich konnte Art nicht lange in die Augen schauen. Es war schlimm. Es war wie die Angst vorm Ertrinken. Angst, er könnte zu viel sehen – Angst, *ich* könnte zu viel sehen.

Ab und zu bekam er seine Launen, gab sich mal aggressiv, mal schweigsam. Ein kompliziertes Seelenleben. Ich war dann immer stocksauer und wäre am liebsten überhaupt nicht mit ihm zusammen gewesen. Aber trotzdem war immer diese Spannung zwischen uns und am Ende küssten wir uns dann doch wieder. Damit schien alles gelöst.

Ich war wie in einem Sog gefangen; ich wusste, die nächste Stufe war Sex. Jetzt war ich so weit, jetzt wollte ich die körperliche Vereinigung mit ihm. Jedes Mal, wenn wir zusammen waren, stellte ich überwältigt fest, wie sich mein Körper sozusagen vordrängte und immer mehr von Art verlangte. Ich wollte nicht mehr träumen und Luftschlösser bauen, ich wollte das echte Erlebnis. Und so verdrängte ich meine Zweifel, meine Ängste, dass ich vielleicht zu tief in den Sog geraten könnte oder dass einer wie Art sich am Ende langweilen und aus dem Staub machen könnte. Ich hatte mich lange genug herumgequält. Angenommen, es geht schief, dachte ich, angenommen, ich schlafe mit ihm und nach ein paar Monaten trennen wir uns – es wäre nicht das Ende der Welt. Ich würde die Erfahrung gemacht haben. Ich würde wissen, wie es ist.

Trotzdem, noch schreckte mich der Gedanke, wirklich und tatsächlich so weit zu gehen. »Bis zum Letzten«. Es war wie ein Sprung in die Tiefe. Man kann in der Theorie alles darüber herausfinden, aber der Geschlechtsakt selbst ist eine sehr, na ja, eine sehr körperliche Sache. Ich versuchte, mit Art darüber zu reden, aber er sagte nur, es würde auf alle Fälle toll werden – als wäre seine Erfahrung eine Garantie dafür, dass nichts schief laufen könnte.

Aber insgeheim machte ich mir Sorgen. Ich stellte mir vor, ich würde mich vielleicht verkrampfen, ich würde ausflippen oder hysterisch werden oder so. Ich befürchtete, es würde ein Reinfall werden, und meine größte heimliche Sorge war, dass ich nicht gut genug abschneiden würde im Vergleich zu all den anderen Mädchen, mit denen er schon geschlafen hatte.

Darüber redete ich nicht mit ihm.

Wir waren beide angespannt, wir warteten. Ich hatte das Gefühl, wir warteten ewig. Nichts war wirklich wichtig, nur das eine. Und dann, ungefähr vier Wochen, nachdem wir wieder miteinander gingen, wurden wir von einer Gelegenheit mehr oder weniger überrumpelt. Dad war auf einer Auslandsreise und Mum kündigte an, sie würde den ganzen Samstagnachmittag mit meiner kleinen Schwester Sarah unterwegs sein. Das Haus würde bis zum Abend mir allein gehören.

Ich erzählte es Art. Wir wussten beide, dass wir an diesem Tag miteinander schlafen würden – wir mussten nicht darüber reden.

Kaum waren Mum und Sarah am Samstag weg, lief ich nervös durchs Haus. Verrückt, diese Warterei, ich spürte alles andere als Lustgefühl. Es war eher wie das Warten auf ein Examen. Art kam gegen zwei. Ich ließ ihn herein und nach einem Blick in mein unbewegtes Gesicht sagte er: »Hör mal, wir *müssen* aber nicht.«

Ich sagte, er solle nicht blöd sein, und küsste ihn, dann drehte ich mich wortlos um, ging hinauf in mein Dachbodenzimmer und er kam hinter mir her.

Neben dem Bett blieb ich stehen, verkrampft wie nur was, und er stand unter dem Dachfenster und sah mich an. »*So* will ich es aber nicht«, sagte er. »Du bist ganz anders als sonst. Los, Coll – rede.«

Aber ich wollte nicht reden. Ich war nicht zum Reden hier. Ich legte ihm die Arme um den Hals und sagte: »Ich bin einfach nervös. Es geht um eins der wenigen Dinge, von denen du mehr verstehst als ich.«

Da musste er lachen und damit waren Kälte und Fremdheit zwischen uns wie weggeblasen. Er nahm mich in den Arm und küsste mich, dann zog er mein Sweatshirt aus und ich fing an sein Hemd aufzuknöpfen.

»He«, sagte er plötzlich. »Die Leiter. Deine Mutter glaubt doch, wenn die Leiter unten ist, könnten wir's nicht! Vielleicht hat sie Recht?«

Es war eine von Mums Hausregeln gewesen, dass wir die Leiter zum Dachboden aufgeklappt stehen ließen, solange wir zusammen oben waren. Kichernd zogen wir sie herauf und legten sie auf den Boden. Wir waren zusammen eingeschlossen. Dann fielen wir aufs Bett, küssten und streichelten einander und langsam zogen wir uns ganz aus.

Es war ein unbekanntes Gefühl, es war toll und auch irgendwie unheimlich, als ich schließlich nackt neben ihm lag und seine Brust spürte, seine Beine an meinen. Er küsste mich, ungestüm, hungrig, auf Schultern und Brüste, und seine Hände glitten über meinen ganzen Körper, als wolle er jeden Zentimeter von mir berühren. Ich wusste, dass es jetzt kein Zurück gab. Fast hatte ich das Bedürfnis, mich zu verstecken, ich fühlte mich so preisgegeben, ich zitterte vor Nervosität. Ich zog die Bettdecke über uns und Art lachte.

»Du kannst unmöglich frieren«, sagte er.

Ich konnte nicht antworten. Ich versuchte mir Mut zu machen, ich griff in sein Haar, zog seinen Kopf zu mir herunter und küsste ihn. Langsam, mit geschickten Fingern streichelte er mich, doch als ich mit der Hand an seinem Bauch abwärts tastete, nahm er sie, steckte sie in den Mund und biss sachte darauf. »Nicht«, sagte er. »Das geht nicht.« Dann drehte er sich zur Seite und griff nach seiner Jeans, die neben dem Bett lag. Er fand das Kondom und streifte es über. Ich wartete, ernst, gespannt. Er drehte sich zu mir her, wir umarmten und küssten uns wieder, aber es war nicht so wie unsere Küsse sonst. Das ist es, dachte ich ängstlich. Ich gehe endlich über die Grenze in das unbekannte Land. Dann schob er sich zwischen meine Beine und drang langsam in mich ein – und ich hatte keine Gedanken mehr. Das Neue, das Körperliche überwältigte mich.

Erst bewegte er sich kaum, er schob sich nur ganz behutsam weiter und tiefer, er hatte die Hände in meinem Haar vergraben und unser Atem ging laut, so laut. Ich getraute mich nicht, mich zu bewegen. Es schmerzte, als würde mein Körper überdehnt werden, aber ich spürte, dass es so sein musste und dass alles richtig lief.

Es dauerte lange, bevor er richtig in mir drin war. Ich schloss die Augen zum Schutz vor dem starken, fremden Gefühl, ich brauchte Dunkelheit. Ich schlang die Arme um ihn und klammerte mich an ihn, ich spürte sein Gesicht an meinem, ich spürte seinen Körper mehr als meinen eigenen. Er atmete schneller, er bewegte sich schneller und heftiger und schließlich stieß er ein tiefes, zitterndes Stöhnen aus, legte sich langsam wieder auf mich und schlang die Arme um meinen Hals. Und ich? Ich spürte tiefe Dankbarkeit, sogar Stolz, dass es so gut gegangen war, und ich drückte meinen Kopf eng an seinen und fing an zu weinen.

»Coll ... was ist?« Er wich zurück und sah mich an. »Was ist passiert? Ich hab dir wehgetan!«

Immer noch weinend, schüttelte ich den Kopf.

»Ich war noch nie mit einem Mädchen zusammen, das danach geweint hat.« So neu mein Gefühl war, so neu erschien mir Art. »War es so schlimm?«

»Nein. Es war ... gut.«

»Aber warum weinst du? Coll ... warum? He ... es ist vorbei!«

»Nicht ... es ist nicht vorbei ... es hat gerade angefangen ...«

66

11

Eng umschlungen lagen wir auf dem Bett und unser Atem ging langsam wieder normal. Ich wühlte meine Nase in sein Haar, an die Stelle, wo es auf den Hals hing, ich sog den leicht salzigen Geruch ein und küsste seine feuchte Haut. Ich war wie überschwemmt von Erstaunen, Erleichterung und Glück, dass ich es getan hatte, dass ich endlich mit ihm geschlafen hatte.

Alles war ruhig. Die Sonne hatte sich am Fenster vorbeigeschoben, im Dachzimmer war es dunkler geworden, Schatten hingen in den Ecken. Art lag ganz still auf mir.

Schließlich seufzte er, löste sich langsam aus meinen Armen und fummelte das Kondom ab. Er knotete es zusammen, dann warf er es auf den Boden.

»Alles okay?«, fragte er, als er sich wieder zu mir umdrehte. Ich nickte.

»Coll ... das war ... das war riesig.«

Ich nickte noch einmal.

»Ich meine ... für dich war es das erste Mal ... das ist nie so ganz toll ... aber das war ...«

»Ganz toll«, sagte ich und sah ihn erwartungsvoll an. Nein, mehr sagte er nicht, aber er nahm mich wieder in die Arme, presste sich eng an mich, sodass jeder Zentimeter meines Körpers mit seinem in Berührung war.

Vielleicht ist jetzt nicht der rechte Augenblick für Worte, dachte ich. Es war, als hätten unsere Körper etwas miteinander erlebt, mit dem unser Verstand noch nicht umgehen, das er noch nicht fassen konnte. Für mich war es etwas sehr Kostbares, so eng umschlungen mit ihm hier zu liegen. Mein Geliebter, sagte ich in Gedanken. Mein Geliebter.

»Komm, wir gehen runter und trinken was«, sagte er.

Schwerfällig, als würde ich aus einem Schiffswrack klettern, stieg ich aus dem Bett, zwängte mich in meine Kleider und sah im Dämmerlicht zu, wie Art seine Jeans anzog. Wir gingen in die Küche hinunter, ich stellte den Kessel auf den Herd und Art setzte sich mit der Keksdose in der Hand an den Küchentisch.

Ich betrachtete ihn, wie er da saß, das Kinn auf die Hände gestützt, kauend. Alles fand bei uns an diesem alten Tisch statt – hier unterhielten wir uns, hier wurde gegessen, gearbeitet, gestritten. Noch heute waren Farbspritzer an seinen Beinen aus der Zeit, als zuerst ich und dann Sarah auf großen Papierbögen herumgekleckst hatten. Fast konnte ich mich sehen, wie ich als kleines Mädchen, eine Plastikschürze umgebunden, den Kopf über das Papier gebeugt, malte und malte. Und jetzt saß an demselben Tisch mein Geliebter. Er lächelte, aber sein Lächeln war nicht fordernd wie sonst manchmal. Es war ein gutes Lächeln, ein zufriedenes Lächeln.

»Wann will deine Mutter zurück sein?«, fragte er.

»Oh … noch nicht. Sie wollten irgendwo zu Abend essen, hat sie gesagt. Nicht vor sieben oder so.«

Ich trug den Kaffee zum Tisch und wieder entstand eine Pause.

»Und dein Vater ist verreist?«, fragte er.

»Ja. Bis Dienstag. Warum?«

»Oh … ich fänd's nicht so toll, wenn sie mich gerade jetzt hier sehen würden.«

»Du kannst ja dein Hemd anziehen. Dann würden sie nichts merken.«

Er lächelte mir zu. »Ich glaube, sie würden's trotzdem merken.«

Ich wusste, was er meinte. Auch ich hatte das Gefühl, als würde einfach jeder, der jetzt zur Tür reinkäme, wissen, dass wir miteinander geschlafen hatten. Ich fühlte mich so anders als sonst.

Während wir unseren Kaffee tranken, streichelte er über den

Tisch hinweg meinen Arm, zupfte an meinen Fingern. »Alles okay?«, fragte er noch einmal und ich nickte. Ich wusste nicht, was ich sagen, worüber ich reden sollte. Ich konnte nur schwer seinem Blick standhalten. Wortlos tranken wir aus und danach stellte ich die Becher in die Spüle. Er kam hinter mir her und legte die Arme um mich.

»Es ist erst fünf«, murmelte er in meinen Nacken. »Wollen wir nicht wieder raufgehen?«

Ich drehte mich zu ihm um und wir fingen an uns zu küssen. Die kleine Distanz, die zwischen uns gewesen war, verschwand. *So* ist jetzt unser engstes Zusammensein, dachte ich, und ich war zu aufgewühlt, um darüber traurig zu sein. *So* sind wir uns am nächsten.

Ich legte die Hände an seine Hüften und zog ihn zu mir heran. Ich war überrascht, wie erregt ich war. Hieß es nicht, Sex befriedigt? Sollte man ihn nicht gleichmäßig verteilen?

»Willst du dir überhaupt die Mühe machen raufzugehen?«, sagte er in einer Atempause und fing an meine Jeans aufzuknöpfen.

»Auf keinen Fall tu ich's hier in der Küche«, sagte ich. »Wie könnte ich Mum je wieder beim Kartoffelschälen helfen, ohne mir was anmerken zu lassen…«

»Also, dann komm«, sagte er. »Komm schnell.« Wir gingen wieder hinauf und stiegen über die Leiter in mein Zimmer.

Ich zog sie hinter mir herauf. »Es ist doch niemand unten«, sagte er und lachte.

»Ich weiß. Ich mag einfach das Gefühl, hier oben abgekapselt zu sein.«

»Mit mir.«

»Mit dir.«

Er zog sich aus und ich fing an mich selbst auszuziehen.

»Diesmal kannst du ein bisschen mehr tun«, sagte er, als wir auf dem Bett lagen.

»Du musst es nicht gleich so *praktisch* ausdrücken«, antwortete ich.

Er lachte. »Ich bin eben ein praktischer Typ. Tut mir Leid. Du bist eine Romantikerin.«

»Lieber Gott, *nein*!« Für einen Augenblick war ich fast beleidigt. »Romantikerinnen tragen Spitzen und schenken sich Schokoladenherzen mit ...« Ich verstummte, als er seine Lippen auf meine drückte.

»Sei still, Coll«, sagte er in meinen Mund. »Spar dir die Luft.«

Ich gehorchte. Was ich in den letzten paar Wochen von ihm gelernt hatte, setzte ich jetzt in die Tat um, und als er vor Lust stöhnte, fühlte ich mich stolz und stark. Es war noch immer sehr neu und ein bisschen erschreckend, aber es war gut. Diesmal ging es leichter und langsamer. Ich gab mich dem Rhythmus hin, ich war selber Teil davon, ich hatte das Gefühl, ich stieg höher und immer höher und ich hörte mich rufen: »Art – Art – bitte –«, und dann war das Steigen irgendwie zu Ende, es ging nicht weiter und ich wünschte, er käme zum Höhepunkt und alles wäre vorbei.

Kurz darauf hatte er tatsächlich seinen Orgasmus und ich schlang die Arme um ihn, verlangend, neidisch – neidisch auf das, was er jetzt erlebte.

»Was ich nicht verstehe«, sagte er, während er sich auf den Rücken rollte, »warum hast du so lange gewartet? Du bist ein Naturtalent. Absolut begabt zum Sex.«

Es gefiel mir nicht, dass er das sagte. Ich war nicht begabt zum Sex mit irgendwem, sondern zum Sex mit Art. Aber ich sagte nur: »Ich musste eben warten, bis der Richtige kommt.«

Er sah mich an. »Also, hier bin ich.«

Ich lächelte. »Ja«, sagte ich.

Dann zogen wir uns wieder an und Art schlug vor wegzugehen, in einen Pub oder irgendwohin.

»Ich will nicht hier sein, wenn der Drachen zurückkommt«, sagte er und wir kicherten hysterisch.

»Stell dir vor, deine hinterhältige kleine Schwester fragt uns, was wir gemacht haben oder so?«, fuhr er fort. »Stell dir vor, sie *riecht* es an uns?«

Plötzlich schien es uns dringend notwendig, das Haus zu verlassen, bevor Mum und Sarah zurückkämen. Im Eiltempo zogen wir uns fertig an.

»Gott«, sagte ich erschrocken. »Die Kondome! Wo sind sie?«

»Entsorgt«, sagte er. »Sie werden in Kürze einem Surfer an der Küste von Cornwall ins Gesicht klatschen.«

»Wie charmant!« Ich ließ die Leiter durch die Bodenklappe und wir stiegen hinunter. Aber ich war erleichtert, dass ich die Kondome nicht wegschaffen musste. Um ehrlich zu sein, ich war sogar froh, dass ich sie nicht anfassen musste. Jetzt.

Wir kamen in die Stadt, als das Nachtleben gerade begann. Wie seltsam, neben ihm zu gehen, Hand in Hand wie immer, und doch war jetzt alles anders, weil wir Liebende waren. Ohne groß darüber zu reden, steuerten wir einen Pub an, in den wir selten gingen, denn wir wollten nicht irgendwelchen Bekannten in die Arme laufen, nicht jetzt.

»Du hättest es also wirklich in der Küche getan?«, fragte ich ihn, als wir uns mit einem Drink an einen Ecktisch setzten.

Er zog die Schultern hoch. »Warum nicht?«

»Aber *warum*? Wo wir doch oben ein Bett hatten?«

»Küchen sind nicht schlecht. Ich hab's mal bei uns in der Küche gemacht, vor Frans schicken, neuen Schränken.« Er lachte. »Und kurz vor Weihnachten musste ich mal mit ihnen zum Essen in ein unwahrscheinlich protziges Haus und das Mädchen dort, die Tochter, wollt's im Bad mit mir treiben. Badezimmer sind auch ganz gut.«

71

Ich starrte ihn an. Mich fröstelte. Mir war, als sei ich hundert Meilen von ihm entfernt.

»Und mal hab ich's hinten in der Aula gemacht – das war echt irre«, erzählte er weiter. »Wir waren gerade fertig, da kam der Hausmeister rein.«

»Mein Gott, Art«, sagte ich schließlich. »Du hörst dich an wie irgendein perverser Typ.« Obwohl er sich eher anhörte wie ein kleiner Junge, der prahlte. »Warum brauchst du zusätzlich ein Risiko? Ist Sex allein nicht genug?«

Erstaunt sah er mich an. »He, komm. War doch nur Spaß.«

»Ich ... ich höre eben nicht gern von all den anderen Mädchen, mit denen du schon geschlafen hast. Oder vielleicht doch. Aber nicht, nachdem ... nachdem *wir* gerade ...«

Er beugte sich über den Tisch und nahm meine Hände. »Aber die waren ... die waren ganz anders. Du bist das erste Mädchen, mit dem ich ins Bett gegangen bin und das ich noch dazu mag.«

»Ins *Bett*? Ich dachte, es hat überall stattgefunden, nur nicht im Bett?«

»Ach komm«, sagte er. »Egal, wo. Hauptsache mit dir.«

Ich fühlte mich sofort besser, als er das sagte. Doch ganz wegstecken konnte ich es trotzdem nicht, wie gefühllos er seine drei riskanten Bums-Abenteuer aufgelistet hatte – wenige Stunden, nachdem wir zum ersten Mal miteinander geschlafen hatten. Aber ich hielt instinktiv den Mund. Hätte ich verärgert reagiert, empört oder verletzt, hätte ich zum letzten Mal von seiner Vergangenheit erfahren, jedenfalls von dieser Seite seiner Vergangenheit. Und ich wollte nicht, dass er Erlebnisse und Gefühle vor mir verbarg, nur weil er ahnte, dass sie mir nicht gefallen würden. Ich wollte wissen, was in ihm vorging, ich wollte alles über ihn wissen.

Egal, was es war.

Wieder zu Hause, ging ich hinauf in mein Zimmer und legte mich aufs Bett. Ich erlebte alles noch einmal, intensiv und überwältigend. Das Zimmer schien sich verändert zu haben durch das, was darin geschehen war.

12

»Es war toll, Val! Und ich bedauere nichts.«

Val hatte wieder diesen selbstgerechten Blick drauf, der einen so auf die Palme bringen konnte. Ein besserwisserischer, tadelnder Blick.

»Länger zu warten wäre verlogen gewesen. Ehrlich«, sagte ich. »Und ich hatte sowieso beschlossen, ich würde mit ihm schlafen, selbst wenn er mich hinterher in die Wüste schicken würde. Weil ich es so sehr wollte. Und nachdem ich das entschieden hatte, fühlte ich mich – ich weiß nicht wie – frei. Unwahrscheinlich stark irgendwie.«

»Unwahrscheinlich geil, eher«, sagte sie.

»Na ja ... das auch. Aber ich habe die Entscheidung für mich getroffen ... unabhängig von ihm. Er hat mich nicht gedrängt.«

»Ha!«

»Wirklich nicht.«

»Also, ich hoffe nur, dass er sich geändert hat. Um deinetwillen.«

»Val – du hörst mir nicht zu! Meine Entscheidung hatte nichts mit ihm zu tun, sie war unabhängig davon, ob er sich geändert hat oder nicht.«

»Manchmal erzählst du wirklich den größten Mist, Coll. Wie kann Sex unabhängig von ihm sein? Und wenn es so toll war, wie du sagst, wirst du total durchdrehen, wenn er plötzlich verschwindet.«

Ich drückte mich tiefer in mein Sitzkissen und schwieg. Es war am Montag nach der Schule und wir saßen miteinander in meinem Dachzimmer. Val warf einen missbilligenden Blick auf das Bett.

»Hast du ihn wieder gesehen?«, fragte sie. »Seitdem?«

»Nein. Er musste gestern was für die Schule tun. Verschränke die Arme nicht so – ich habe mit ihm telefoniert. Mein Gott, Val, du bist wie aus einem Lehrbuch aus den Dreißigern, Titel: *Wie man Männer hinhält bis nach der Hochzeit.*«

»Das ist ungerecht«, versetzte sie. »Es ist nur so, dass er … dass er so gemein zu dir war. Du hast wirklich Besseres verdient.«

»Sieh mal«, sagte ich. »Du bist glücklich und zufrieden mit Greg. Das ist super. Aber nicht jede Beziehung läuft nach dem gleichen Muster ab. Ich weiß, wie es von außen wirkt, und ich weiß, was du davon hältst – was alle davon halten –, dass Art und ich wieder zusammen sind. Aber ich weiß auch, was ich für ihn empfinde. Und ich … ich glaube, dass auch er viel für mich empfindet.«

»Du glaubst.«

»Schön, ich weiß es.«

»Woher weißt du es? Was hat er gesagt?«

»Ach Val, warum muss sich alles in Worten ausdrücken?«

»Du meinst, er hat dir nicht gesagt, was er für dich fühlt.«

»Doch, schon, ein bisschen. Ich meine, keine großen Liebeserklärungen oder so. Aber es ist ganz einfach gut, wenn wir zusammen sind. Ich habe so etwas noch nie erlebt. Neben ihm ist jeder andere ein … ein Nichts. Das lasse ich mir nicht ausreden. Überhaupt ist mir einer lieber, der mir viel bedeutet, auch wenn er mich verletzt, als einer, der … der mich nicht verletzt, der mir aber egal ist.«

»Masochistin.«

»Mein Gott, Val, warum hörst du mir nicht mal richtig zu, statt immer gleich …«

74

»Also gut. Also gut! Ich glaube dir. Du musst wissen, was du tust.«

»CO-LETTE!« Mum brüllte die Treppe herauf. »ART ist dran!« Widerwillen und Empörung schwangen in ihrer Stimme. »Am Telefon!«

Ich warf Val einen triumphierenden Blick zu, stieg die Leiter hinunter und lief hastig ins Zimmer von Mum und Dad, wo der Zweitanschluss war. Ich zog das Telefon unter Mums Morgenmantel hervor und nahm den Hörer.

»Hi«, sagte ich. »Mum? Ich bin dran.« Ich hörte, wie Mum unten den Hörer hinknallte, dann war ich mit Art allein.

»Hi«, sagte er. »Ich hab gute Nachrichten. Sie sind weg am Samstag. Du kannst kommen.«

»Äh … schön.«

»Nach dem Essen. Dann haben wir das ganze Haus für uns.«

»Hm … okay.« Plötzlich war es mir peinlich, dass ich auf der ausgeblichenen Tagesdecke von Mum und Dad hockte.

»Was ist los?«

»Nichts.«

»Ist … alles okay?«

»Alles okay. Val ist hier und sie erzählt mir gerade, was für einen großen Fehler ich gemacht habe.«

»Du hast es ihr gesagt?«

»Na ja … sicher. Es macht dir doch nichts aus? Wir erzählen uns … fast alles.«

»Oh.«

»Art … ich kann jetzt nicht richtig reden.«

»Okay. Aber du kannst kommen am Samstag?«

»Ich glaube schon. Gehst du am Donnerstag zum Schwimmen?«

»Ja. Dann seh ich dich.«

Ich stieg wieder hinauf in mein Zimmer. Komisch, dachte ich, dass sich meine Begeisterung wegen Samstag in Grenzen

75

hält. Vielleicht, weil »Das erste Mal« ein so aufwühlendes Erlebnis gewesen war, dass ich mir über das zweite Mal gar keine Gedanken gemacht hatte. Noch nicht. Aber es war klar, dass es am Samstag zum zweiten Mal passieren würde.

»Val«, sagte ich, als ich über der Bodenklappe auftauchte, »meinst du, du wirst mit Greg schlafen?«

Sie sah mich an. »Woher weißt du, dass ich es noch nicht habe?«

13

Als ich mich am Donnerstag mit Art im Schwimmbad traf, gingen wir anders miteinander um als sonst. Komisch, ich war irgendwie verlegen, als wüsste ich nicht, wie ich mich ihm gegenüber jetzt verhalten sollte. Er dagegen wirkte lockerer als zuvor, unbefangener sich selbst und mir gegenüber. Dauernd grinste er mich an, was meine Verlegenheit nur noch größer machte.

Ich glaube, er wusste jetzt, woran er war. Vielleicht war für ihn unsere Beziehung in gewohnte Bahnen gekommen.

Wir standen am Rand des Schwimmbeckens, so, dass wir einander gerade nur berührten.

»Warum zum Teufel gehen wir eigentlich schwimmen?«, sagte er und mehr oder weniger dachte ich das Gleiche.

»Weil es das einzige Mal ist, dass du unter der Woche aus dem Haus kannst, ohne dass sie dir Vorwürfe wegen der Schule machen.«

Wir sprangen ins Wasser und schwammen ein paar Bahnen, dann zogen wir uns um und gingen in die Cafeteria im Sportzentrum. Ich beobachtete ihn fast wie einen Fremden, wie er an der Theke stand und Kaffee holte. Wie gut er aussah. Ich dachte daran, wie es war, als wir zum ersten Mal hier miteinander Kaffee getrunken hatten, nachdem ich ihn vorher wochenlang aus der Ferne vergöttert hatte.

Nichts hat sich geändert, dachte ich. Ich bin noch immer verrückt nach ihm. Bei der Vorstellung, dass wir jetzt fest zusammen waren, drehte sich mir der Kopf. Es war fast unheimlich, so viel zu haben.

Art kam mit dem Kaffee und setzte sich. Dann nahm er meine Hand, ließ seinen Daumen in meiner Handfläche kreisen und streichelte mit den Fingern über meinen Handrücken. »Du kommst also?«, sagte er. »Am Samstag?«

Ich genoss sein Streicheln so sehr, dass ich nicht gleich antwortete. »Schwörst du, dass dein Vater nicht da sein wird?«

»Ich schwöre es.«

»Wenn *er* mir die Tür aufmachte – ich würde sterben, jetzt wo wir … du weißt schon.«

»Dann klopf nicht. Wirf Steine an mein Fenster.«

»Passt du auf, bis ich komme?«

»Coll, ich verspreche dir, dass sie gar nicht da sein werden! Ja, ich passe auf, bis du kommst.«

Es war ein komisches Gefühl, als ich am Samstag mein Fahrrad herausholte, um zu Art zu fahren. Ich stellte mir vor, Mum würde fragen: Na, wohin denn?, und ich würde strahlend antworten: Ach, nur mal eben mit Art schlafen, Mum.

Aber sie sah mich gar nicht wegfahren.

Art machte mir die Tür auf. »Sind sie weg?«, zischte ich.

»Coll, reg dich ab um Himmels willen. Sie sind nicht da.«

Ich folgte ihm in die Diele. »Bist du auch sicher?«, nörgelte ich.

»DAD?«, schrie er so laut, dass ich vor Schreck einen Satz machte. »Fran, du ZOMBIE? Nein – keiner da.«

Als sein Ruf verhallt war und mein Herz nicht mehr so hämmerte, wurde ich wütend. »Dir macht das wohl Spaß, wie?

Wahrscheinlich hättest du's sogar ganz gern, wenn dein alter Herr hier wäre: Hi, Dad. Coll und ich gehen mal eben rauf. – Oh, gut gemacht, Sohn.«

»Ach, das ist doch zum Kotzen. Wenn du glaubst, dass es irgendwas mit dieser bescheuerten Strichliste zu tun hat, dann irrst du dich, dann irrst du dich gewaltig.«

»Warum schaust du dann so selbstgefällig?«

Er lachte. Wenigstens war er ehrlich genug, um seinen selbstgefälligen Blick gar nicht erst zu verbergen.

»Weil ... okay. Dad ist stinksauer, weil wir wieder zusammen sind. Nachdem deine Mutter ihn angeschnauzt hat und so. Und das reibe ich ihm gern unter die Nase.«

»Ach so! Ich bin deine Rebellion, ja? Die Rebellion gegen deinen Vater? Klasse!«

»Wenn du's unbedingt so sehen willst«, seufzte er. »Aber es ist nicht nur ...«

»Also, das ist schon irre«, tobte ich. »Super ist das. Es ist einfach toll, wenn man ein Ding ist, das du deinem Vater gern unter die Nase reibst.«

Er nahm mich in den Arm. »Coll, halt jetzt den Mund, ja? Vergiss ihn! Wir tun, was *wir* wollen. Und wir wären längst dabei, wenn du endlich zu meckern aufhören und raufkommen würdest.«

Kalt sah ich ihn an. Ich war nicht sicher, ob mir dieses Tempo gefiel. »Deine Zimmertür lässt sich doch abschließen?«, sagte ich.

Lächelnd nickte er.

Mir war unbehaglich zu Mute, als ich die Treppe hinaufging, noch viel mehr als am letzten Samstag. Wahrscheinlich hatte ich nur deshalb so viel gequatscht, weil ich so schrecklich nervös war. Ich konnte Art nicht ansehen. Aber das schien nicht wichtig. Und reden hätte fast verlogen gewirkt. Kaum waren wir in seinem Zimmer und hatten die Tür zugesperrt, legte er die Arme um mich. Als wir uns küssten, schwand alle Verlegenheit. Bald waren wir halb ausgezogen und liebten uns, halb auf, halb neben dem Bett. Es war schnell vorüber. Ich hätte gern weitergemacht, mich wieder und wieder an seinen Körper gepresst, aber ich hielt nur die Arme fest um ihn geschlungen und lag still.

Art zog mein T-Shirt vollends aus und fing an mich am ganzen Körper zu streicheln und zu küssen. »Nachspiel«, sagte er. »Ist mir noch lieber als Vorspiel.« Er bewegte sich abwärts über meinen Bauch. »Vielleicht kannst du jetzt noch kommen.«

Ich wich zurück und setzte mich mit gekreuzten Beinen auf das Bett, die Decke über mir. Woher wusste Art, dass »ich nicht gekommen« war? Ob er bei anderen Gelegenheiten, als wir nur Petting gemacht hatten, gedacht hatte, dass ich ...? Woher wusste er es?

Die Sache ist die, ich bin mir ziemlich sicher, dass ich noch keinen Orgasmus gehabt habe, keinen echten. Ich masturbiere schon mal nicht. Ich habe es versucht, aber es hat mir nie viel gebracht. Bei all dem Gerede heutzutage, wie normal und gesund das sei, kommt man sich schon fast verschroben vor, wenn man nicht tut, was früher Selbstmissbrauch genannt wurde.

Die Beiläufigkeit, mit der Art davon sprach, verschlug mir glatt die Sprache. Er klang so sachlich. Was war ich denn? Ein Motor, den man auf Touren bringen muss?

Plötzlich wollte ich nichts als mich wieder anziehen. Ich wollte wieder die sein, die ich gewesen war. Ich fummelte meine Jeans hoch.

»Was machst du?«, sagte er. »Wir haben noch Stunden vor uns. Wir haben gerade erst angefangen.«

O nein, haben wir nicht, dachte ich. »Art, es tut mir wirklich Leid ... aber ich fühle mich nicht wohl hier. Ich will gehen.«

Langes Schweigen, dann fing er an, seine Jeans anzuziehen.

79

»Es ist … sieh mal, ich werde mich daran gewöhnen«, sagte ich. »Aber jetzt ist es … zu kurz nach allem, was war.«

»Gut«, sagte er, so taktvoll er konnte. Dann: »Für dich ist es wichtig, was andere Leute denken, wie? Mir ist das schnuppe.«

Na toll, dachte ich. »Komm, wir gehen«, sagte ich.

Unsere Stimmung auf dem Weg in die Stadt war gedämpft. Schließlich landeten wir in einem Kino und schauten uns einen Film an – ein trübseliger Zeitvertreib für zwei, die gerade eine Affäre miteinander angefangen haben. Ich war deprimiert, enttäuscht, als hätte sich eine neue Kluft zwischen uns aufgetan.

Am Sonntag ging ich zu Val. Ich entlockte ihr schließlich das Geständnis, dass sie und Greg schon vor drei Wochen angefangen hatten, miteinander zu schlafen.

»Warum hast du mir nichts davon erzählt?«, rief ich und fiel aus allen Wolken. »Ich dachte, wir erzählen uns immer alles …«

Sie sah zu Boden. »Ich weiß nicht, Coll. Ich … es schien mir nicht der richtige Zeitpunkt. Bei der ganzen Sache mit Art.«

Ich hatte ein schlechtes Gewissen. »Du meinst, ich hätte dich nicht zu Wort kommen lassen.«

Sie lächelte. »Vielleicht. Und außerdem … ich weiß nicht. Es ist so privat.«

In meiner Kehle schnürte sich etwas zusammen. Sie meinte nichts anderes als … sie hatte mich nicht gebraucht. Sie hatte Greg, dem sie alles erzählte.

»Und der Sex ist … er ist Teil von dem, was wir zusammen erleben«, fuhr sie fort. »Er ist nicht alles.«

Sie will nicht groß darüber reden, dachte ich. Zwischen uns war ein leerer Raum, eine Spannung. Ich ging langsam durch ihr Zimmer, ich fingerte an den Fläschchen auf ihrer Frisierkommode, dann sagte ich: »Val … am Anfang … war es am Anfang etwas Wichtiges, Großes?«

»Also … ja. Ist es immer noch. Aber es dauert eine Weile, bevor es sich gut anfühlt und …«

»Ich meine … das … das *Seltsame* daran. Dass man so etwas mit seinem Körper tut.«

Val sah mich an. »Coll«, sagte sie, »was genau macht Art mit dir?«

Wir brachen in Gelächter aus. »Es liegt an mir«, sagte ich. »Ich sehe ihn an und … und irgendwas ist mir peinlich. Ich meine … es ist auch toll. Aber ich dachte, es würde uns näher zusammenbringen, so ist es aber nicht … ich meine, ich kann mir nicht vorstellen, dass es … dass es je etwas Normales wird. So normal, dass es zu unserem alltäglichen Leben gehört.«

Wieder bekam Val einen Lachkrampf.

»Halt die Klappe, Val. Ich meine … es ist, als ob man nicht mehr frei und offen miteinander sein könnte, als ob man nur noch wegen dem Sex zusammen ist … als ob immer Sex in der Luft hängt, sogar wenn man über das Wetter oder sonst was redet … und ich bin verlegen, wenn wir zusammen sind. Ich will wieder normal sein und normal mit ihm reden, aber ich kann nicht. Es ist fürchterlich.«

»Nein, ist es nicht. Es ist ganz natürlich. Mit Greg ist es mir genauso gegangen. Aber Greg hatte vorher auch noch nie mit einem anderen Mädchen geschlafen … wir haben sozusagen miteinander gelernt. Und wir sind gute Freunde.«

»Willst du sagen, Art und ich sind keine Freunde?«

Sie antwortete nicht.

14

Die Paukerei für das Examen nahm Art mehr und mehr in Anspruch. Er hatte von zwei Colleges Plätze angeboten bekommen, aber er war durchaus nicht sicher, ob er es schaffen würde; er war mit dem Wiederholen des Stoffes schwer im Rückstand. Die ganze Woche saß er zu Hause, er kam nicht einmal am Donnerstag zum Schwimmen. Ich war fast erleichtert über die Pause. Ich spürte, dass ich Zeit brauchte, um mich auf das Neue, das zwischen uns war, einzustellen und es in Gedanken zu verarbeiten.

Am Samstagmorgen fuhren wir mit den Rädern weg. Der Wind schlug uns ins Gesicht, während wir nebeneinander die Straße entlangschnurrten, mal war Art vorne, mal ich. Wir verfuhren uns, fanden den richtigen Weg wieder; wir fuhren meilenweit, am Fluss entlang und durch Wälder. Und als wir schon dachten, wir würden vor Hunger sterben, fanden wir einen kleinen Pub, in dem sie noch warmes Essen servierten. Wir bestellten Steak und Bohnen. Art sagte, er würde bezahlen, er habe gerade sein Taschengeld bekommen. Das Essen dampfte und duftete und wir machten uns mit Heißhunger darüber her.

»Coll«, sagte Art, während wir unsere Teller mit Brotbrocken sauber wischten, »hast du in den Ferien schon mal eine Fahrradtour gemacht?«

»Nein – du?«

»Einmal. Letztes Jahr – mit Joe. Vor dem albernen Streit.«

»Du meinst, bevor du sein Vertrauen so enttäuscht hast, das er in dich als seinen engen Freund gesetzt hatte.«

»Jaja. Das.«

»Hat er dich schon angerufen?«

»Nein. Der ruft schon noch an. Der wird genauso auf dem Hintern sitzen und büffeln wie ich.«

»Und? Wie war die Fahrradtour?«

»Toll. Dad hat uns mit nach Frankreich genommen und dann sind wir für eine Woche allein losgeradelt. Totale Freiheit. Was man braucht, hat man bei sich – und man ist ganz auf sich gestellt.«

»Wo habt ihr übernachtet?«

»In Jugendherbergen, in kleinen Pensionen – im Freien. Das sollten *wir* auch mal machen.«

»Nach deinem Examen?«

»Im Ernst? Du würdest mitkommen?«

»Klar! Was denn? Meinst du vielleicht, das könnte mich nicht locken? Du hast eine geborene Abenteurerin vor dir. Voll tauglich.«

»Ich weiß, dass du für so was taugst, Coll. Mann, das wäre super. Würde denn deine Mutter …«

»Wenn ich erst mal die Prüfungen zum Schuljahresende hinter mir habe, möchte ich mal sehen, wie Mum mich daran hindern will zu tun, was ich tun will. Und zwar *alles*.«

Er lächelte mir zu – es war ein Lächeln, von dem man weiche Knie bekommen konnte – und ich lächelte zurück. Ich freute mich so, dass er mich gefragt hatte, mir war richtig heiß geworden.

»Kannst du einen Schlauch wechseln?«, fragte er.

»Nein. Aber du kannst es, also ist es egal, oder?«

Wir machten uns auf den Heimweg und nach ein paar Meilen hielten wir noch einmal kurz an. Ich sah Art zu, wie er den Kopf in den Nacken legte und aus der Wasserflasche trank. Da spürte ich plötzlich ein wildes Verlangen nach ihm. Irgendwie war mir das abhanden gekommen, seit wir angefangen hatten, miteinander zu schlafen. Es war ein gutes Gefühl, es war, als würde man wieder lebendig werden. Ich nahm ihm die Trinkflasche aus der Hand und küsste ihn auf den Mund und sein Mund war ganz kalt und nass vom Wasser.

»Hrrmph«, gurgelte und schluckte er. »Schön.«

Ich drängte mich an ihn, ich spürte seinen Körper an meinem. Mein Geliebter, dachte ich. Nichts mehr zu befürchten. Kein Verstecken mehr, kein Zurückhalten.

Dann küsste er mich und wir standen eng umschlungen am Straßenrand. »Komm, wir gehen in den Wald«, sagte er.

Wortlos hob ich mein Fahrrad auf und folgte ihm zwischen die Bäume. Wir fanden eine farnbewachsene Stelle, wir legten uns hin und küssten uns und zogen uns halb aus. Es war alles sehr funktionell, aber es machte mir nichts aus. Ich *fühlte* mich nicht so, als würde ich nur funktionieren.

»Nimmst du immer Kondome mit, wenn du mit dem Rad wegfährst?«, flüsterte ich.

»Immer«, sagte er.

»Für den Fall, dass dir ein Mädchen über den Weg läuft?«

»Genau.«

»Oh, ha, ha. Na, dann beeil dich.«

»Wie ... abscheulich!«

»Du ... wilde Frau«, sagte er hinterher und sah auf mich herunter. »Du bist super.«

»Hmmm.«

»Coll, ich weiß, dass du nicht gern zu mir nach Hause kommst. Aber ... sie lassen uns wirklich in Ruhe. Wir können nicht immer nach Wiesen suchen.«

»Warum nicht? Kriegst du Heuschnupfen?«

»Ich kriege eine Erkältung.«

Ich lachte. »Wird sich schon was finden«, sagte ich.

15

Val hatte einen Entschluss gefasst. Sie wurde in zwei Wochen siebzehn, und da ihr achtzehnter Geburtstag nächstes Jahr unmittelbar vor den Abschlussprüfungen sein würde, wollte sie stattdessen lieber ihren siebzehnten groß feiern. Ihre Mutter und ihre Tante waren bereit, für Val und ein paar Freunde die Rechnung bei einem Italiener in der Nähe zu übernehmen, in dessen Lokal man seinen eigenen Wein mitbringen konnte.

»Ich war letzten Monat mit Greg dort«, sagte sie. »Geht total locker zu da, echt gut.«

Noch während sie sprach, nahm ich mir vor, dass ich heimlich hingehen und fragen würde, ob ich in der Küche eine Überraschungs-Geburtstagstorte deponieren konnte. Etwas Monströses, Üppiges würde ich machen, rundum verziert mit Geleedrops und Smarties.

»Wir werden zu acht sein«, erzählte sie weiter. »Greg, ich und du, dann Caro, Rachel und Dave – Richard weiß ich noch nicht – und Chloe.« Dann ergänzte sie etwas spitz: »*Alle* haben sich schon beschwert, dass du dich gar nicht mehr sehen lässt.«

Erwartungsvoll sah ich sie an.

»Wie viele waren das?«, fragte sie.

»Erst acht. Sieben – wenn du Richard nicht einlädst. Was ich nicht tun würde. Der ist manchmal ziemlich komisch.« Wieder sah ich sie erwartungsvoll an.

»Hm. Aber ich will ihn nicht vor den Kopf stoßen. Ich denke, ich werde ...« Sie fing an zu lachen. »Dein Gesicht!«, rief sie. »Also gut, bring ihn mit, deinen Wunderknaben. Wenn's unbedingt sein muss. Und *er* bringt Champagner mit.«

Ich fiel ihr um den Hals. »Danke, Val! Ich möchte so gern, dass alle ihn kennen lernen – ich meine, richtig kennen lernen.

Ich finde – was vorbei ist, ist vorbei. Und er wird sich unheimlich freuen!«

Doch als ich ihn anrief, freute er sich kein bisschen. »O Gott. Val, das ist doch die Rothaarige? Sie kann mich nicht ausstehen.«

»Sie hat eben Vorbehalte. Aber es ist doch deine Chance, sie von dir zu überzeugen. Ich meine – es wäre so schön, wenn mein Freund und meine beste Freundin wenigstens so tun könnten, als ob sie miteinander auskämen ...«

»Und es soll in einem Lokal stattfinden? Wir müssen den ganzen Abend lang an einem Tisch sitzen?«

»Na ja«, sagte ich spöttisch. »Du kannst dich mit deinem Essen auch auf den Kaminvorleger setzen, aber ...«

»Erwarte bloß nicht, dass ich höflich Konversation mache.«

»Kann ja wohl keiner verlangen, Art. Setz dich einfach hin und mach ein blasiertes Gesicht.«

»Ich hasse Dinnerpartys«, sagte er verdrießlich. »Würdest du auch, wenn du bei Fran wohntest.«

Art war jetzt voll eingedeckt mit Arbeit. Zum Schwimmen kam er wieder nicht diese Woche, doch am Samstagabend gingen wir aus und am Sonntagmorgen – nachdem er mühsame Überzeugungsarbeit geleistet hatte – besuchte ich ihn zu Hause.

Ziemlich steif begrüßte ich Ian, der in einer Ecke der großen Küche saß und sich durch die Sonntagszeitungen wühlte. Mit Fran, die in der anderen Ecke irgendwas Kompliziertes mit einer Lammkeule machte, unterhielt ich mich eine Weile. Dann schlossen Art und ich uns in seinem Zimmer ein, hörten Musik und redeten. Nach und nach konnte ich mich entspannen; ich spürte richtig, dass wir hier oben weit ab vom Schuss waren, dass uns keiner stören würde.

Wir liebten uns in Arts Bett, sehr langsam und behutsam.

Wir werden immer besser, dachte ich. Meine verkrampfte

Unsicherheit beim Sex ist weg und ich will es jetzt selber, ich will es wirklich. Ich kann mitmachen. Aber immer noch habe ich das Gefühl, als ob ich steige und steige und dann plötzlich abstürze.

Eines Tages werde ich hinkommen. Eines Tages werde ich den Gipfel erreichen.

Gegen Mittag sagte ich, dass ich jetzt gehen müsse. »Geh nicht«, sagte Art. »Bleib doch hier.«

»Ich hab Mum versprochen, dass ich zum Essen zurück bin. Und ich habe Hunger.«

»Du kannst bei uns essen.«

»Art – ich kann deinen Vater jetzt nicht anschauen. Nicht, nachdem wir uns den halben Tag hier oben eingeschlossen haben. Und überhaupt muss ich heute Nachmittag noch was für die Schule tun.«

»Okay, du Streberin. Ich sollte auch noch was tun. Aber vorher will ich noch eine Runde pennen. Du hast mich ganz schön geschafft.«

»Art – du Blödmann. Wenn du glaubst, ich gehe allein runter, dann ...«

»Ist ja gut. Ist ja gut.« Er schlüpfte in die Hose eines Trainingsanzugs und zusammen gingen wir die Treppe hinunter. Ich musste mich bremsen, um nicht im Laufschritt zur Tür zu stürmen. Mit Ian wollte ich jetzt wirklich nicht zusammentreffen.

»Wann sehe ich dich wieder?«, sagte Art, als wir auf der Veranda standen. Er legte die Arme um mich und ich sah ihm fest in die Augen. Ich hasste Abschiede. »Gehst du ins Schwimmbad?«

»Ja, ich denke schon. Und dann ist ja Vals Party am Samstag.«

»Ach ja. Toll«, sagte er wenig begeistert.

»Und danach haben wir wieder einen Sonntag für uns«, sagte ich demonstrativ. Ich löste mich von ihm und ging.

Als ich nach Hause kam, war Mum bei den letzten Handgriffen fürs Mittagessen. »Du warst ja schon früh auf den Beinen, Liebling«, sagte sie friedfertig. »Hast du was Schönes gemacht?«

»Hm«, murmelte ich. Ein Doppelleben zu führen, kann ganz schön anstrengend sein.

Art und ich sahen uns nur noch einmal diese Woche, beim Schwimmen. Er hatte die Angewohnheit, mich mit großer Geste zu umarmen und zu küssen, sobald wir uns trafen. Das hatte er schon immer getan, schon seit unserer ersten Verabredung. Ich denke, das kam von all dem Küsschen-Küsschen-Getue zwischen seinem Vater und Fran, aber egal, woher es kam, ich mochte es. Die meisten Typen sind viel zu schüchtern für derart spontane Berührungen.

Das Problem war aber, es hatte inzwischen etwas fast Zwanghaftes angenommen. Ich meine, wir standen auf dem Parkplatz des Sportzentrums, küssten uns hemmungslos, kaum dass wir uns begrüßt hatten, und er stöhnte: »*Fünf* Tage schon. *Fünf* Tage! Komm, wir gehen erst noch mal zu mir nach Hause. Ich kann jetzt unmöglich schwimmen.«

Drinnen dann versuchte er sich mit mir in die Umkleidekabine zu zwängen. Es war witzig und irgendwie schmeichelhaft, aber es war auch nervig. Wenn ich dann die Tür zudrückte, sagte er, ich hätte Hemmungen.

»Richtig erkannt, ich habe Hemmungen«, zischte ich. »Raus jetzt!«

Ehrlich, ihm hätte ein Teil von meinen Hemmungen nichts geschadet. Ich wollte nicht wieder die Brave sein müssen, die, die immer auswich.

Ich sagte Art, dass ich am Freitagabend Vals Torte machen müsse und er könne ja kommen und helfen, wenn er Lust habe – nicht dass ich angenommen hätte, er wäre eine große Hilfe.

Aber er sagte, er habe eine bessere Einladung, er wolle mit Joe was trinken gehen. Dabei sah er so froh aus, dass ich unwillkürlich so was wie Fürsorge für ihn empfand, ich hoffte so sehr, sie würden sich wieder zusammenraufen.

Mum war bei den Vorbereitungen zu Vals Geburtstagstorte sehr hilfreich gewesen. Sie hatte ordentlich viel Margarine, Mehl und Zucker eingekauft und machte Vorschläge, wie man eine bombastische, kitschige 17 machen könnte: drei rechteckige Kuchenstücke, zwei davon mit Buttercreme aneinander geklebt, um eine 7 anzudeuten. Ich hatte eine ganze Menge Süßigkeiten beisammen und siebzehn rote Kerzen, und als ich in die Küche ging, um die Torte zu machen, war ich richtig aufgeregt.

»Hast du alles, was du brauchst, Colette?«, fragte Mum.

»Glaub schon«, sagte ich. Ich spürte, dass sie bleiben und sich unterhalten wollte, aber ich wollte lieber allein sein.

»Was hast du für Val gekauft?«

»Ohrringe. Ich zeige sie dir nachher. Karneole.«

»Die passen bestimmt gut zu ihrem roten Haar.«

Komm schon, Mum, dachte ich, spuck's aus. Lass den Smalltalk. Das ist nicht dein Stil. Du stehst auf Bigtalk.

»Und? Wie steht's?«, fuhr sie fort. »So allgemein?«

»Gut.«

»Mit der Arbeit kommst du voran?«

»Ja. Ich hab diese Woche viel geschafft.«

»Es ist eine so wichtige Zeit für dich. Wann sind denn die Prüfungen?«

Ich knallte die Mehltüte auf den Tisch. »Mum, du weißt auf den Tag genau, wann die Prüfungen sind. Was soll das?«

Sie sah zu Boden. »Es ist ... du scheinst Art in letzter Zeit so häufig zu treffen. Ich hoffe nur ... ich hoffe, du denkst zuallererst an deine Arbeit.«

Ich machte mich daran, Eier aufzuschlagen, sehr viel heftiger als nötig.

»Ich meine ... es dauert jetzt nicht mehr lange. Manche der Prüfungsergebnisse zählen noch für die Abschlussnoten. Sie wirken sich auf deine ganze Zukunft aus. Ich hoffe, dass du ... dass du vernünftig bist. Dass du mit den Beinen auf dem Boden bleibst. Du musst lernen und lernen, und wenn die Prüfungen erst vorbei sind – denk an die Freiheit, die du dann vor dir hast. Den ganzen Sommer.«

So geschwollen drückt Mum sich immer aus, wenn sie um ein Thema herumredet. Es war wie eine Staumauer, die jeden Moment brechen konnte durch den Druck dessen, was sie in Wirklichkeit sagen wollte: COLETTE – LASS ES BEIM KÜSSEN!

Doch es gelang ihr, den Satz für sich zu behalten. Vielleicht dachte sie auch, dass die Warnung gar nicht nötig sei. Mich schreckte die Vorstellung, wie sie reagieren würde, wenn ich ihr erzählte, dass es schon zu spät war.

16

Vals Geburtstagstorte wurde ein Riesenerfolg – sie war wirklich spitzenmäßig gelungen. Ich brachte sie am Samstagabend eine Viertelstunde vor Beginn der Party in das Lokal.

Ich hatte mit Art ausgemacht, dass wir uns dort treffen würden. Er hatte ein paar Flaschen Champagner besorgt – wie, hatte ich nicht gefragt. Ich glaube nicht, dass Ian die Flaschen in seinem großen Weinregal zählt. Wir deponierten alles in der Küche, dann setzten wir uns an die kleine Bar und bestellten etwas zu trinken.

Art war schweigsam. Ich wollte mir einreden, er sei einfach nervös, weil er Val wieder begegnen würde, aber ich wusste, das war es nicht. Er hatte mal wieder eine seiner Launen. Zwar beherrschte er sich ganz gut, aber ich spürte, dass unterschwellig etwas in ihm brodelte.

»Wie war dein Abend mit Joe?«, fragte ich.

»Okay. Na ja ... nicht gut. Er hat mir noch nicht verziehen.«

»Oh. Vielleicht war es einfach peinlich, weil ihr euch zum ersten Mal wieder getroffen habt, seit ...«

»Vielleicht. Da ist Val.«

Greg, Dave und Val kamen herein, ich rutschte von meinem Barhocker und umarmte sie alle. Ich spürte, dass sie über meine Schulter mehr oder weniger feindselige Blicke in Arts Richtung warfen. Joe war nicht der Einzige, der ihm noch nicht verziehen hatte.

Immer wenn ich in einer unangenehmen Situation bin, rede ich zu viel. Viel zu viel. Dann stelle ich mir vor, wenn ich niemandem sonst Luft lasse, kann es auch keinen Ärger geben.

Ich plapperte dummes Zeug, als Art zu uns herüberkam und wir uns an den Tisch setzten; ich plapperte dummes Zeug, als Caro, Rachel und Chloe eintrafen. Dann füllte Art mein Glas neu und sagte: »Halt mal eine Weile die Klappe, Coll.«

Mich störte das nicht, wir gehen immer so derb miteinander um. Aber ich spürte, wie Val an meiner Stelle wütend wurde. Sie und Greg warfen sich nie Beleidigungen an den Kopf.

Val hatte ein großes Menü für alle ausgesucht: Das war billiger und festlicher. Schon bald wurden Berge von Nudeln mit Soße gebracht, wir machten den Wein auf und Caro ließ einen Hagel von Partyknallern los. Dann wandten wir uns dem Essen zu, unterhielten uns zwanglos und ließen es uns gut gehen.

Das heißt, alle bis auf Art. Er aß, beantwortete Fragen, sah auch zu jedem hin, der gerade redete, aber er saß zwischen uns wie ein Automat. Halb war ich enttäuscht, doch halb war ich erleichtert, dass er sich wenigstens passiv verhielt und jeden Ärger vermied. Auch wenn er nicht gerade zu ausgelassener Stimmung beitrug, er verdarb immerhin nichts. Seine Laune war unter Kontrolle.

Ich konzentrierte mich ganz auf Val. Für sie sollte es ein gelungener Abend mit ihren besten Freunden werden.

Und das wäre es auch geworden, wenn sie nicht selbst alles vermasselt hätte.

Val wird manchmal sentimental, wenn sie etwas getrunken hat, manchmal wird sie aggressiv. An diesem Abend wurde sie aggressiv. Gutmütig piesackte sie zuerst mich wegen meines kurzen Kleides, dann zog sie über Greg her, er würde zu viel lernen und hätte nicht genügend Zeit für sie. Schließlich fragte sie Art in feindseligem Ton nach seinem Examen und seinen Zukunftsplänen. Er blieb ruhig, unverbindlich und ließ sich nicht auf eine Auseinandersetzung mit ihr ein, aber ich war trotzdem froh, als die Kellner den Tisch abräumten und mir von der Küche her Zeichen gaben. Eine Ablenkung war jetzt bestimmt nicht verkehrt.

Ja!, signalisierte ich. Jetzt!

Und dann wurde meine Torte mit brennenden Kerzen hereingebracht. Val war aus dem Häuschen. »Das warst doch *du*, Coll? Oh – die ist super!« Auf unsicheren Beinen kam sie um den Tisch gewackelt und fiel mir um den Hals, dann pustete sie in einem Zug alle Kerzen aus und gut gelaunt sang das ganze Restaurant »Happy Birthday« mit uns. Dave ließ eifrig seine Kamera klicken, um alles für die Nachwelt zu dokumentieren. Ein Kellner öffnete knallend den Champagner, ein anderer reichte Val ein großes Messer.

»Coll, du bist einfach fabelhaft«, rief sie schrill, während sie mit der einen Hand die Torte in große Stücke schnitt und mit der anderen Champagner in sich hineinkippte. »Das ist die beste Geburtstagsfeier, die ich je hatte. Hier – bringt den Kellnern auch was. Nein, nicht dieses Stück – das ist meins. Da sind die meisten Geleedrops drauf.«

Greg stand auf. »Trinken wir auf Val«, sagte er. »Dass ihr alles gelingt, was sie anpackt. Auf ihr Wohl im neuen Jahrtausend!«

»Auf Val im neuen Jahrtausend«, riefen wir schon ein bisschen beschwipst und warfen die Silben durcheinander.

»Das neue Millennium wird das Minnellium der Frauen«, kreischte Val. »Passt bloß auf, ihr Typen!«

»Bessere Jobs, bessere Chancen«, fiel ich ein. »Jetzt übernehmen *wir* die Macht!« Alle lachten. An solche Sprüche von Val und mir waren sie gewöhnt.

»Und wir lösen das Problem mit der Umweltverschmutzung. Ihr Kerle habt ja ...« Val unterbrach sich und funkelte Art an. »Was ist los mit dir? Glaubst du etwa nicht, die Welt wäre besser, wenn sie von Frauen regiert wäre?«

»Nein«, sagte Art, »glaube ich nicht.«

»Ach nein? Und warum nicht?«

»Warum soll eine Diktatur der Frauen besser sein als eine Diktatur der Männer?«

»Weil wir keine egozentrischen, blutrünstigen Wichser sind, deshalb!«

Art drehte sich zu Greg um. »Hast du gewusst, was deine Freundin von dir hält?«

»Eher von dir!«, schoss Val zurück. »Besonders das mit der Egozentrik! Ich find's zum Kotzen, wenn Männer immer ihren Kopf durchsetzen.«

»Das ist ja der größte Quatsch. Männer setzen nicht immer ihren Kopf durch. Die sitzen genauso in der Falle wie Frauen. Du musst wirklich bescheuert sein, wenn du das nicht kapierst.«

»Mein Gott, Art«, fuhr ich ihn an. »War doch nur ein Witz.«

»Ich bin nicht zu bescheuert, um zu sehen, was Männer bisher mit der Welt angestellt haben«, tobte Val. »Ich bin nicht zu bescheuert, um zu sehen, wie Typen wie du sich immer noch benehmen – und wie sie damit durchkommen.«

»Ich weiß nicht, was dein Problem ist«, sagte Art. »Kann ich nur raten. Aber ich habe mir dein Gekeife jetzt lang genug angehört.« Er stand auf und sah zu mir herunter. »Kommst du?«, sagte er.

Auch Val stand auf. Sie sah Art ins Gesicht. »Sie muss nicht tun, was *du* sagst!«, schnappte sie.

»Vielleicht will sie ja«, sagte er spöttisch.

Da schlug ihm Val ins Gesicht.

17

Instinktiv packte ich Art am rechten Arm. Er schüttelte mich ab. »Ich schlag sie schon nicht«, fauchte er. »Ich will nur hier raus. Kommst du?«

Ich war wie vor den Kopf gestoßen. Was zum Teufel war passiert? Alle saßen wie versteinert. Ich fühlte mit Val und ich fühlte mit Art. Aber ich konnte nicht für einen von beiden Partei ergreifen. Nicht für einen von *diesen* beiden.

»O Gott!«, entfuhr es mir. »Ihr macht mich noch wahnsinnig, alle beide!« Ich drehte mich um und rannte aus dem Restaurant. Wenn ich selber wegliefe, würde ich mich nicht entscheiden müssen.

Ich hastete um die Ecke, dann blieb ich stehen. Ich zitterte. Was sollte ich jetzt tun? Einfach nach Hause gehen? Da hörte ich Laufschritte hinter mir. Ich drehte mich um – es war Greg.

»He«, rief er. Er kam heran und legte die Arme um mich. »He. Ist alles in Ordnung?«

»Hast du die beiden miteinander stehen lassen?«, fragte ich erschrocken. Ich hatte schon Visionen, wie Art und Val sich zu Tode prügelten.

»Reg dich nicht auf. Art ist gegangen. Val kostet das Drama voll aus.«

»*Kostet es aus...?*«

»Ja. Das musst du schon schlucken, Coll, aber diese Ohrfeige war ein extra Geburtstagsgeschenk für Val.«

»*Was?*«, rief ich fassungslos. »Und ich dachte, sie ist total verstört. Weil ihre Party jetzt im Eimer ist...«

»Sie ist nicht im Eimer. Sie war toll. Und das Ende hatte sogar noch ... eine besondere Würze.«

»*Würze?* Sie schlägt Art ins Gesicht und du nennst das Würze? Warum hat sie das getan?«

»Ach, komm. Sie wollte es ihm schon geben, seit ihr euch getrennt hattet. Val findet, du machst einen Fehler, dass du dich wieder mit ihm einlässt. Sie meint, er benutzt dich nur.«

»Wenn sie so denkt, hätte sie ihn nicht einladen dürfen.«

»Sie hat ihn deinetwegen eingeladen. Sie dachte, es würde gut gehen. Aber als er dann dasaß und kein Wort sagte, na ja, sie hielt ihn für eingebildet. Für einen arroganten Scheißkerl, um es genau zu sagen. Wenigstens hat sie ihm das nachgerufen, als er ging.«

»O Gott. Armer Art. Ich bring sie um. Sie hat sich wie ein Hooligan benommen.«

Greg strich mir übers Haar. »Coll. Coll. Sie traut ihm nicht. Sie will nicht, dass er dich kränkt.« Und dann: »Ich will das auch nicht.«

Ich wich zurück. »Warum traut keiner *mir*?«, sagte ich. »Ich weiß schon, was ich tue.« Langsam ging ich davon.

»Wohin gehst du?«, rief Greg hinter mir her. »Es ist fast Mitternacht, Coll. Geh nicht einfach so weg.«

»Ich gehe zu Art«, sagte ich.

Halb ging, halb rannte ich den ganzen Weg bis zu Art nach Hause. Ich spürte, dass ich mit ihm reden musste, dass ich die Sache in Ordnung bringen musste. Entschlossen klopfte ich an der Tür. Ian öffnete. Ich holte tief Luft und sagte: »Es tut mir Leid, dass es so spät ist, aber kann ich bitte zu Art?«

Er lächelte mir zu, überheblich und mit hochgezogenen Augenbrauen. »Hast du meinen Sohn verprügelt, Colette?«, sagte er.

Schon wurde ich knallrot. »Nein. Nein, nicht ich. Meine... meine Freundin.«

»Schöne Freundin«, brummte er und drehte sich auf dem Absatz um. »Morgen früh wird er ein blaues Auge haben. Er ist in der Küche.«

Art saß vornübergebeugt am Küchentisch und nuckelte an einem Becher Tee. Kalt sah er mich an. Ich hatte anscheinend ein Gespräch von Mann zu Mann unterbrochen. Und ich konnte mir den Rat vorstellen, den sein Vater ihm gegeben hatte.

»Art«, fing ich an, »es tut mir Leid... es tut mir wirklich so Leid. Ich weiß nicht, was in sie gefahren ist.«

Art antwortete nicht. Ian hinter mir sagte: »Also... ich lasse euch jetzt allein« und ging hinaus.

Panik erfüllte mich, als ich vor Art stand und ihn ansah. Ich wusste nicht, wie ich das wieder einrenken sollte. Ich setzte mich neben ihn und legte eine Hand auf seine Schulter. »Lass dein Gesicht sehen«, sagte ich. »Dein Vater meint, du wirst ein blaues Auge bekommen...«

Er hob die Schulter und schüttelte meine Hand ab. »Schon gut«, sagte er.

»Val wird jetzt schrecklich zu Mute sein«, wagte ich zu behaupten. »Sie wird sich selber nicht ausstehen können.«

Er gab keine Antwort.

»Was ist passiert, als du dich mit Joe getroffen hast?«, fragte ich.

Er drehte sich um und starrte mich an. »Joe? Was zum Teufel hat Joe damit zu tun?«

»Na ja ... du warst so niedergeschlagen den ganzen Abend. Ich habe überlegt, was los war.«

»Was zum Teufel hat das damit zu tun? Ich war putzmunter, bis deine Freundin mir eine gelangt hat. Mann, ich wünschte, ich hätte zurückgeschlagen. Ich hasse solche Weiber.«

»Sie ist sonst nie so. Wirklich nicht. Ich habe noch nie erlebt, dass sie jemanden geschlagen hätte – nie.«

»Klasse. Aber an mir findet sie ja wohl irgendwas, das sie zum Ausflippen bringt?«

»Weiß nicht. Ich habe noch nicht mit ihr gesprochen.«

»Nein, du hast dich nur schnell aus dem Staub gemacht. Und deine Freunde standen alle da und glotzten. Es war nett.«

Plötzlich erkannte ich, wie die Situation für ihn gewesen sein musste, wie er gedemütigt zwischen meinen feindseligen Freunden gestanden hatte. Ich legte die Hand um seinen Nacken und schob mein Gesicht dicht an seines. Am liebsten hätte ich geheult. »Es tut mir Leid«, murmelte ich. »Ich hätte nicht weglaufen sollen. Ich ... ich wollte nur nicht Partei ergreifen.«

»*Partei* ergreifen? Wenn einer von *meinen* Freunden *dich* geschlagen hätte ...«

»Art, es tut mir Leid«, sagte ich noch einmal.

»Ich hab dich gesucht«, fuhr er fort. »Ich bin noch mal umgekehrt, um dich zu suchen. Da hab ich dich mit Greg zusammen gesehen.«

»Oh ... Art. Ich habe dich nicht gesehen. Warum bist du nicht zu uns gekommen?«

»Weil er die Arme um dich gelegt hatte.«

»Aber das war doch nur, weil ...«

Er zog die Schultern hoch. »Ich bin nach Hause gegangen.«

Eine Pause entstand. »Ich werd nie mit deinen Freunden klarkommen«, sagte er dann. »Du und ich, wir sind so verschieden.«

»Sag das nicht«, bat ich. »Das stimmt nicht. Und du musst

ja nicht mit ihnen auskommen.« Ich sehnte mich so danach, dass er mich anfassen würde, ich konnte es kaum ertragen. Ich schlang die Arme um ihn und drückte ihn an mich, aber er reagierte nicht. »Art, bitte«, sagte ich. »Sei nicht so zu mir.«

»Wie bin ich denn?«, sagte er düster.

»Sieh mal... ich bin hier. Und ich habe gesagt, es tut mir Leid. Stimmt schon, ich bin nicht drauf gekommen, mich für dich einzusetzen. Du wirst sonst immer mit allem fertig.«

Wieder Schweigen. Dann sagte ich: »Was ist passiert? Was war mit Joe?«

»Warum fragst du immer wieder danach? Nichts war.«

»Doch. Ich weiß es. Du warst so still den ganzen Abend...«

Er starrte vor sich auf den Tisch. Dann fing er an zu erzählen: »Joe hat gesagt, er sei froh, dass wir uns mal zusammengesetzt hätten, um... um offen über alles zu reden. Wir haben uns eine Weile unterhalten. Und dann hat er erklärt, dass er mir nie wieder vertrauen könne.«

»Oh, aber das kann er nicht so gemeint haben...«

»Er hat es genau so gemeint.«

»Aber auf Stephanies Party schien er so... ich dachte, ihr hättet euch ausgesöhnt.«

»Er hat gesagt, er hätte nachgedacht seitdem. Und er ist zu dem Schluss gekommen, dass er die Sache nicht einfach... nicht einfach begraben kann. Ich würde das erst verstehen, wenn es mir mal genauso ginge, hat er gesagt.«

Ich drückte ihn fester. »Warum hast du mir das nicht erzählt?«

»Zehn Minuten vor Vals Party? Jedenfalls war ich ganz okay.«

»Bis zu der Ohrfeige.«

Er lächelte. »Hm. Bis zu der Ohrfeige. Coll...«

»Was?«

»Als ich Greg und dich zusammen gesehen habe, da... da dachte ich, dass es mir jetzt tatsächlich genauso geht.«

»O Scheiße. Du weißt doch, dass Greg und ich nur Freunde sind.«

»Aber da habe ich gespürt ... ich weiß nicht. Was ich mit Joe gemacht habe. Er hatte seitdem keine Freundin mehr, sagt er.«

»Lass ihm Zeit«, sagte ich. »Er braucht Zeit, um sich ...« Ich wurde von einem zaghaften Klopfen an der Tür unterbrochen. Fran steckte den Kopf herein.

»Entschuldigt die Störung«, sagte sie leise, »aber es ist gleich zwei Uhr. Wird sich deine Mutter nicht Sorgen machen, Colette?«

»O Gott. Ja ... ich muss gehen.«

Dann sagte Fran: »Ich könnte sie anrufen, wenn du willst, und sie beruhigen. Ich könnte sagen, Art wäre ziemlich betrunken und du hättest ihn nach Hause gebracht und ... und du würdest in unserem Gästezimmer übernachten. Das ist doch nur eine Notlüge, oder?«

Ich sah Art an. Ich wollte bleiben. Ich wollte so gern bleiben. Ich wollte ihm wieder nahe sein. Er sah mich an und sagte: »Ja. Danke, Fran.«

18

Ich übernachtete nicht im Gästezimmer. Wir lagen eine halbe Ewigkeit nebeneinander in seinem Bett, schweigend, nur einander an den Händen haltend. Ich sehnte mich nach seiner Umarmung, aber der Vorfall von gestern Abend stand noch immer zwischen uns. Mich bedrückte der Gedanke an das Bild, das ich mir von Art immer gemacht hatte: dass er sozusagen unverletzbar sei. Es stimmte nicht. Joe hatte ihn verletzt. Und ich hatte ihn verletzt. Ich hatte ihn mehr verletzt als Vals Ohrfeige.

Ich drehte mich auf die Seite und küsste ihn, ich küsste seinen Hals und seine Brust, ich küsste den blauen Fleck, der langsam unter seinem Auge sichtbar wurde. Nach einer Weile streichelte er zögernd über mein Haar, dann küsste ich ihn auf den Mund und bald waren wir eng ineinander verschlungen – die innere Wunde fing an zu heilen. Ich begehrte ihn so heftig, alles schien zu verschmelzen, alles kam zusammen ... »Scht«, sagte er und legte die Hand auf meinen Mund. »Schscht!«

Ich vergrub mein Gesicht an seiner Schulter und hielt ihn ganz fest. Am liebsten wäre ich für immer in der Dunkelheit versunken.

Am nächsten Tag wachte ich vor Art auf und blickte auf die Lichtstreifen, die durch die Rollläden fielen. Ich dachte an die Nacht und wie wir uns geliebt hatten. Es muss ein Orgasmus gewesen sein, dachte ich. Aber ich hatte mich nicht extra darum bemühen müssen, wie ich mir das immer vorgestellt hatte. Es war Teil der gemeinsamen Nacht gewesen.

Ich schlang meine Arme um den schlafenden Art. Mach, dass alles gut wird, betete ich. Mach, dass der ganze Schlamassel von gestern Abend einfach ... einfach nicht mehr da ist.

Doch als Art aufwachte, wirkte er fast ein bisschen unnahbar. Ich glaube, wenn ein Mensch wie Art zugibt, dass er gekränkt wurde, zieht er sich danach unwillkürlich ein Stück zurück. Wir schwiegen miteinander. Er brachte Tee und Toastbrot herauf und kurz darauf zog ich mich an und ging nach Hause. Irgendwann *musste* ich gehen.

Mum stand im Flur, als ich die Tür aufmachte. Ich kam mir nackt vor, es war, als schälte sie mich schichtweise ab mit ihrem Blick. »So!«, sagte sie. »Ich nehme an, du hast gewusst, dass Arts Stiefmutter gestern Nacht bei mir angerufen hat?«

»Ja ... es tut mir Leid, Mum«, sagte ich und versuchte mich zu erinnern, welche Ausrede Fran hatte benutzen wollen. »Hat dich der Anruf geweckt? Art war wirklich ganz schön durch den Wind. Ja. Und ich auch. Es war eine tolle Party.«

»Hm. Val hat schon angerufen. Hat selber ziemlich mitgenommen geklungen.«

»Na ja, es ist ja nur einmal im Jahr!«, sagte ich mit falscher Fröhlichkeit und floh.

Ich ging in Mums Zimmer und rief Val an. Kaum hatte sie meine Stimme erkannt, brach es aus ihr heraus.

»O Gott, du bist wieder zurück! Coll, ich fühle mich beschissen. Es tut mir wirklich so Leid. Ich weiß nicht, was in mich gefahren ist. Mein Gott. Wie ... wie geht es Art?«

»Nicht besonders«, sagte ich knapp.

»Ich war blau wie ein Veilchen. Total außer Kontrolle. Ich hab nur noch rumgekeift. Du warst so nett, mit der Torte und allem, und dann hab ich ihn angeschaut und ... ich wollte das vor Ewigkeiten schon tun, schon, als du dich von ihm getrennt hattest, und ich ... verstehst du, ich hab's immer unterdrückt und gestern ist plötzlich alles wieder hochgekommen ...«

»Bitte, Val. Verschone mich mit Psychologie. Hör zu ... es ist gut. Ich meine ... es wird eine Weile dauern, bis wir zu viert mal wieder zusammen weggehen werden, aber okay. Vergiss es. Du magst ihn nicht und fertig ...«

»Och, es ist nicht so, dass ich ihn *gar* nicht mag. Ich meine ... ich mag ihn nicht besonders, aber die Art, wie er ...«

»Val, ich bin müde. Echt müde. Ich muss jetzt eine Runde schlafen. Und hör zu, ich ... ich mach mir nichts mehr draus, was ihr von ihm haltet, du und Greg. Ich weiß, du meinst es gut, und ich mache dir keinen Vorwurf, aber von jetzt an ... von jetzt an ist es mein Leben, okay?«

»Ja«, sagte sie kleinlaut. »Ich werd mich nicht mehr einmischen.«

»Ich will damit sagen ...«, fuhr ich versöhnlicher fort, »ich stecke schon zu tief drin. Es ist nicht so, dass ich noch irgendwas entscheiden könnte ... Verstehst du?«

»Ich glaube schon«, sagte sie. »Coll?«

»Was?«

»Ach, Coll. Ich kann es kaum ertragen, wie er dich vereinnahmt hat.«

Ich schwieg. Ich spürte, dass das der wahre Grund war, warum sie ihn geschlagen hatte. »Das hat er nicht, Val«, sagte ich. »Es sieht so aus, ich weiß, aber ... es ist alles so verrückt im Moment und ... hör zu, bleib meine Freundin, ja?«

Val lachte. Sie klang so froh und erleichtert, dass ich verblüfft war. »Sei kein Schwachkopf«, sagte sie. »Um unsere Freundschaft kaputtzumachen, braucht es schon mehr als *ihn*. Und Coll ...?«

»Was?«

»Danke für die Torte. Sie war super. Echt super.«

19

Am Donnerstag trafen Art und ich uns in einem Pub. Er wirkte immer noch unnahbar. Ich erzählte ihm, dass Val angerufen und versprochen hatte, sich jetzt rauszuhalten, aber er reagierte nur mit einem Schulterzucken. Eine Weile unterhielten wir uns halbherzig, doch über das Gespräch mit Joe wollte er nichts weiter sagen. Das sei jetzt Vergangenheit, meinte er. Schließlich sagte ich: » Warum redest du eigentlich nie von deiner Vergangenheit? Zum Beispiel ... von deinen früheren Freundinnen?«

Er starrte mich an. »Was gibt's da zu reden? Mit den meisten war ich ohnehin nicht lange zusammen.«

»Und war das ihre Entscheidung oder deine? Dass du nicht lange mit ihnen zusammen warst?«

»Normalerweise gegenseitig. Weiß nicht mehr. Wen interessiert das?«

Seine schroffe Antwort ließ mich zurückzucken. »Ich will's einfach wissen«, sagte ich. »Mich interessiert es.«

»Meine Güte, Coll. So heiß waren die alle nicht. Manche waren gut im Bett und manche nicht.«

»Na, toll. Du redest vielleicht.«

Eine Pause entstand.

»Manchmal«, sagte ich, »komme ich mir wirklich vor wie eine von vielen in einer langen Reihe.«

»Das bist du aber nicht«, sagte er. »Sie waren anders als du.«

»Warum?«

»Ach, Coll, du weißt doch, warum. Mit ihnen war alles nur ... mit dir ist es ... bei dir gehört eben alles zusammen.«

»Soll das irgendeinen Sinn ergeben?«

»Ich meine, mit dir schlafen, das ist ... das ist ein Teil unserer Beziehung. Mit ihnen war Sex etwas ... etwas, das mit der Beziehung gar nichts zu tun hatte. Und so ist es mit dir nicht. Zwischen uns klappt der Sex immer dann besonders gut, wenn ... wenn wir uns besonders gut verstehen.«

»Gute Analyse, Art. Du solltest dich vielleicht auf Psychologie verlegen.«

»Sei still. Ich will nur sagen, dass es ... dass der Sex zwischen uns zu allem dazugehört, zu allem, was wir sonst miteinander haben. Du bist was Besonderes, Coll. Das weißt du doch.«

Ich gab irgendeine alberne Antwort und griff nach meinem Glas, danach unterhielten wir uns noch eine Weile. Aber ich hatte seine Worte gierig aufgesogen, ich sammelte sie wie kostbare Steine, um sie für später aufzuheben, wenn ich allein sein und mich richtig würde daran freuen können.

Nach dem Abend von Vals Party wurde Fran eine echte Verbündete. Als ich am darauf folgenden Wochenende kam, schien sie sich über meinen Besuch aufrichtig zu freuen. Sie fragte, wie es mir ginge, und holte mir ein Glas Saft. Während ich trank, legte sie die Hand auf meinen Arm und sagte vertraulich: »Weißt du, meine Liebe … er hat keine anderen Mädchen mehr hier angeschleppt. Seit er dich kennt.«

Verblüfft sah ich sie an. Alles, was mir dazu einfiel, war: Das möchte ich aber auch schwer hoffen! Doch so gut hätte die Bemerkung wahrscheinlich nicht gepasst, denn Fran schien zu glauben, sie habe mir mit dieser Mitteilung etwas absolut Außergewöhnliches verraten. »Ach nein?«, sagte ich deshalb ziemlich lahm.

Sie seufzte. »Ich bin froh, dass ihr wieder zusammen seid. Du tust ihm so gut, Colette.«

Ich erzählte Art, was sie gesagt hatte, von wegen, dass er keine anderen Mädchen hier gehabt hätte, seit er mich kannte. Er lachte. Wir schliefen miteinander – Sex bei Tageslicht – und es war ganz anders als am letzten Samstag, als wir in der Dunkelheit versunken waren. Hinterher stand ich auf, zog Arts Hemd an und ging langsam durch sein Zimmer, sah mir die Bücher in den Regalen und die Sachen auf seinem Schreibtisch an. Dann ging ich wieder zum Bett, setzte mich neben Art und sagte: »Also, wie viele Frauen hast du schon hier oben gehabt?«

»Mein Gott, hör doch endlich auf damit! Hunderte, ich hatte schon ganze Hundertschaften hier … Sie haben immer Schlange gestanden vor der Tür.«

»Haha, du Angeber!«

»Du solltest dankbar sein, dass du so einen erfahrenen …«

» *Was* soll ich sein?«

»Dankbar.«

Ich schubste ihn halb vom Bett. »Jetzt sei nicht gleich sauer«, sagte er. »Nur, weil du keinen Orgasmus hattest.«

Mir war, als hätte er mich geschlagen. Erst dachte ich, er wolle mich verspotten. Doch als ich mich zwang, ihn anzusehen, merkte ich, dass er sich nicht lustig machte.

»Was meinst du?«, sagte ich beinahe flüsternd. »Woher weißt du das?«

Er lachte. »Woher ich das weiß? Na, hör mal, Coll. Wenn du einen Orgasmus hast, dann krieg ich das doch mit.« Er legte die Arme um mich. »Letzten Samstag warst du nah dran, oder?«

Ich wusste nicht, was ich denken sollte. Ich war schrecklich verlegen und es rührte mich irgendwie, dass er es gesagt hatte – dass er den Mut gehabt hatte, es auszusprechen. Sonst war immer *er* es, dem ein offenes Wort schwer fiel. Und ich merkte, dass er Recht hatte: Ich fühlte mich frustriert, ausgeschlossen. Fast wütend auf ihn.

»Ich habe immer das Gefühl, als steige ich höher und höher, als will ich irgendwo drauflos ... Aber dann vergeht es plötzlich und fällt in sich zusammen«, sagte ich an seiner Schulter. »Ich weiß nicht. Aber das ist doch nicht alles, oder?«

»Nein, nein ... nein«, sagte er behutsam. »Bei dir kommt das schon noch, ganz bestimmt.« Er schwieg einen Moment, dann ergänzte er: »Du bist eine viel zu anspruchsvolle Frau, als dass es bei dir nicht kommen würde.«

Ich lachte und grub meine Finger in sein Haar.

»Wir müssen eben noch viel üben«, sagte er.

Und ich hörte mich sagen: »Okay. Also lass uns üben.«

Wir nahmen uns Zeit. Erst war *er* es, der still lag, das Gesicht nach unten, während ich seine Schultern und den Rücken massierte. Dann lag *ich* still. Und ich fühlte mich warm und offen für ihn. Wir bewegten uns sehr langsam, sehr gefühlvoll, und als ich schon dachte, gleich würde ich den Verstand verlieren bei seinen zärtlichen Berührungen, drang er in mich ein. Diesmal hielt es an, es wuchs und wuchs und dann kam es – und ich spürte, dass ich mich gar nicht extra anstrengen musste, dass ich nicht darum kämpfen musste, weil es einfach da war und mich überflutete, ich spürte es so stark, so stark, dass ich es kaum aushalten konnte.

»O Gott. O Gott, das war einmalig. O Gott.« Ich rollte mich herum und steckte den Kopf unter das Kissen. Ich wollte weiter vor mich hin stöhnen und das tat ich auch – unter dem Kissen.

»Komm da raus, Coll«, sagte Art lachend. »Komm raus da.«
Mach es nicht kaputt, dachte ich. Sag nichts.

Er zog das Kissen weg und küsste mich und ich spürte, wie all die anderen Freundinnen, die er schon gehabt hatte, sich plötzlich in Nichts auflösten, wie sie tief in der Vergangenheit versanken, es zählte nur der Augenblick.

Danach war es wunderbar. Das Gefühl war zu stark, um darüber zu reden, aber es war zwischen uns. Wir kicherten, wir waren albern und zärtlich zueinander.

Ich zog wieder sein Hemd an. »Du siehst total sexy aus darin«, sagte er. »Tolle Beine. Komm, wir holen uns was zu trinken. Ich bin wie ausgedörrt.«

Wir gingen in die Küche und plünderten den Kühlschrank. Art fand eine halbe Flasche Weißwein. Ich fand Garnelen. Er fand Weintrauben. Ich fand eine halbe Tafel Schokolade. Er fand einen Rest abgestandenen Sprudel. Es war wie ein Fest.

»Komm«, sagte er. »Wir können oben eine Fressorgie veranstalten. Ich schmier dich mit den Sachen voll wie in dem Film von …«

»Dachte ich mir doch, dass ich hier irgendwen rumstöbern hörte.«

Ich erstarrte. In der Tür stand Ian. Ich hatte gedacht, er sei nicht zu Hause. Besser gesagt, ich hatte überhaupt nicht an ihn gedacht.

»Den Kühlschrank ausräumen, wie?«

»Hi, Dad«, sagte Art.

»Hallo, Colette«, sagte Ian trocken. »Flott siehst du aus.«

Ich spürte, wie mein Gesicht glühend rot und röter wurde.

Den Hals hinunter durch den Ausschnitt von Arts Hemd bis zu den Knien. Und weiter bis zu meinen bloßen Füßen.

»Komm, Coll«, murmelte Art und wir schlurften mit unserer Beute an Ian vorbei die Treppe hinauf. Als Art die Tür zu seinem Zimmer mit einem Tritt zugestoßen hatte, stöhnte ich leise auf: »War das peinlich! Ich wäre fast gestorben da unten! ›Flott siehst du aus‹! Ooagh!«

»Ach, vergiss ihn. Komm, wir essen.«

»Aber jetzt weiß er es. Er weiß es!«

»Coll – ich glaube, er hat es vorher schon gewusst.«

»O Gott!«

»Reg dich ab, Coll. Nach seinen Maßstäben haben wir doch lange gebraucht, bis wir so weit waren, stimmt's?«

»Stimmt.«

»Das wollte er uns nur unter die Nase reiben. Der Trottel.«

Als die Tür wieder abgesperrt war und ich einen Schluck Wein getrunken hatte, schwand meine Verlegenheit nach und nach und langsam kam das große Gefühl zurück.

Wir breiteten die Sachen auf dem Bett aus. Ich pulte die Garnelen, saugte den Saft aus den Köpfen und aß dann das Fleisch.

Mit Bewunderung und Abscheu sah Art zu. »Du Tier«, sagte er. »Wie kannst du das tun?«

»Ist köstlich. Probier mal.«

»Nein danke. Die sehen wie Asseln aus. Und verstreu nicht die Schalen auf meinem Bett.«

Ich nahm wieder einen Schluck aus der Weinflasche. »Ich kann's gar nicht fassen, dass ich in deinem Hemd runtergegangen bin! Aber wahrscheinlich ist dein Vater daran gewöhnt, dass sich halbnackte Mädchen in der Küche rumtreiben.«

»Coll. Um Himmels willen. Ich bin nicht stolz auf all den Scheiß, den ich schon gemacht habe. Zum letzten Mal – kannst du's nicht gut sein lassen?«

Ich lächelte. »Okay«, sagte ich.

In den nächsten Wochen bekam unser Zusammensein sozusagen einen geregelten Ablauf. Ich verbrachte jedes Wochenende lange Stunden in Arts Zimmer; wir arbeiteten gemeinsam, wir unterhielten uns, wir hatten Sex. Langsam und ungestört, jeder inzwischen sehr vertraut mit dem Körper des andern und vertraut mit den verschiedenen Möglichkeiten, wie man es tun kann. Es war erstaunlich, wie viel Freiheit wir hatten. Nach wie vor gingen wir zum Schwimmen, manchmal fuhren wir mit den Rädern ein Stück raus, irgendwohin, und auch dort hatten wir Sex. Von seinen Freunden sahen wir nie etwas, nur einmal, auf einer schrecklichen Party. Wir lebten ziemlich isoliert, denke ich.

Etwas war mit mir geschehen. Etwas hatte mich fest im Griff, etwas so Heftiges, Starkes, dass es immer in mir war, selbst an öden Tagen, selbst wenn mir alles bis oben hin stand. Ich sehnte mich nach Art, ich wollte am liebsten immer nur mit ihm zusammen sein. Von Anfang an war ich verrückt nach ihm gewesen, aber mein jetziger Zustand war noch anders. Mein Selbstschutz war dahin. Tiefer und tiefer geriet ich in den Sog.

Ich war nicht so naiv, es Liebe zu nennen. Ich finde es unmöglich, wie die Leute mit diesem Wort um sich werfen: Liebst du ihn auch wirklich? – Ich liebe ihn, ich liebe ihn einfach wahnsinnig. – Komm, du weißt doch, wie ich dich liebe.

Platte Sprüche.

Ich hatte kein Wort für mein Gefühl.

Mit Val kam ich weniger zusammen, aber wir warteten wie immer vor der Schule aufeinander. Zwischen ihr und Greg lief alles gut, beteuerte sie. Sie hatten keine Hemmungen, einander zu sagen, dass sie sich liebten. Oft schenkte er ihr was – witzige kleine Beweise seiner Liebe, Bücher, in die er verliebte Worte kritzelte, Ohrringe, T-Shirts. Zufrieden lächelnd zeigte sie mir die Sachen. »Ehrlich«, sagte sie, »er ist so was von lieb.« Ich bewunderte die jeweils neueste Gabe und dann versuchte ich mir auszumalen, wie Art mir Ohrringe kaufte. Oder ein Buch. Oder irgendwas – und die Vorstellung ging nicht in meinen Kopf.

Val sagt, es gebe nichts, worüber sie nicht reden könnten. Sie seien sich so nah, so sicher. Sie habe jetzt eine beste Freundin und einen besten Freund.

Einerseits beneidete ich sie. Irgendwie konnte ich in Art nicht einen Freund sehen. Freunde verletzen einander nicht und ich spürte, dass er die Macht hatte, mich mehr zu verletzen als jeder andere Mensch, den ich kannte. Bei ihm konnte ich mich nicht richtig entspannen und offen sein, nicht in allen Dingen. Es wäre eine zu große Preisgabe gewesen.

Auf der anderen Seite mochte ich die Distanz, das Unterschiedliche – die Spannung zwischen uns. Ich wollte es gar nicht immer sicher, gemütlich und vertraulich mit ihm haben. So ein Typ war er nicht.

20

Bis zu Arts Abschlussprüfungen waren es nur noch drei Wochen. Die Anspannung wurde immer größer. Ich selbst war gefährlich im Rückstand mit der Wiederholung des Stoffes und auch mit meiner Kursarbeit. Am Samstag schloss ich mich in meinem Dachzimmer ein. Ich rechnete mir aus, dass ich ungefähr zwei Wochen hatte, um aufzuholen, und wenn ich von jetzt an jeden Samstag arbeitete, würde ich es schaffen. Gerade so.

Ich war vor Langeweile schon erschöpft, bevor ich überhaupt anfing. Du musst dich zusammenreißen, Mädchen, sagte ich, während ich meine Geschichtsmappe aufschlug. Sie knisterte trocken, tot, abweisend. Mach dich an die Wiederholung, bohrte ich. Du musst.

Aber ich konnte mich nicht konzentrieren. Ich konnte nicht einmal still sitzen. Die Prüfungen rollten auf mich zu wie ein Expresszug und ich konnte an nichts anderes denken als daran, wie ich mich in Arts Körper verlor, in meinem eigenen Körper... Was war los mit meinem alten Ich? Was war mit der Coll von früher, die immer gut lernen konnte? Wer war diese neue Coll, diese sexbesessene, verzückte, gedankenlose Coll?

Das ist die Macht der Natur, dachte ich. Die Natur verlangt von mir die Vereinigung mit einem Mann, um die Art fortzupflanzen, die Natur gibt keinen Pfifferling auf irgendwelche Qualifikationen. Die Natur ist Eigentümerin einer riesengroßen Babyfabrik, die in mir nur eine weitere weibliche Arbeitskraft in der Produktionslinie sieht. Lässt sich das weibliche Wesen einfangen, wird es ein halbes Dutzend Kinder produzieren, und dann aus, Schluss, Wechseljahre, die Frau hat ausgedient, sie wird entlassen.

Schön, aber nicht mit mir, sagte ich entschieden und zog die graue Mappe wieder heran. Es gibt noch andere Dinge im Leben, als mit Art zusammen zu sein, dachte ich, nur *welche*, das war mir im Moment irgendwie abhanden gekommen.

Ich machte mich an die Arbeit und schon nach fünf Minuten blinzelte ich verträumt durch das Dachfenster und stellte mir vor, wie Art mich berührte und wie ich ihn berührte. Ehrlich gesagt, ich ging mir selber ganz schön auf die Nerven.

Am Ende konnte ich mich nur mit Drohungen dazu bringen, mit der Lernerei anzufangen. Ich darf erst dann zu Art, sagte ich mir, wenn ich mit der Geschichtsmappe durch bin, wenn ich mir eine Übersicht verschafft habe, wo noch Lücken sind. Es funktionierte. Endlich machte ich mich ernsthaft an die Arbeit. Ich strich meinen Samstagabend und blieb taub gegenüber allen Versuchen von Art, mich zu überreden, ich solle nicht so langweilig sein und »wenigstens mal für ein, zwei Stunden rüberkommen«. Am Sonntag stand ich früh auf. Und zu Mittag war ich fertig. Triumphierend rief ich Art an.

»Gut gemacht, mein Stern«, sagte er. »Komm zum Essen. Sie haben einen Haufen Leute eingeladen. Fran brät einen halben Ochsen. Zwei Uhr.«

Mir blieb eine halbe Stunde, um mich fertig zu machen. Ich sang unter der Dusche, während ich die angesammelte Gelehrsamkeit aus meinem Haar spülte und die Schalheit von meinem Körper wusch, der so lange über den Büchern gesessen hatte. »Ich kann beides«, sang ich, »ich kann es. Ich hab das jetzt verdient!« Ich zog ein neues Top an. Ich trug ein bisschen Lippenstift auf. Ich glühte. Das kommt von meinem Erfolg, dachte ich.

Unten erklärte ich Mum, dass ich in den vergangenen sechsunddreißig Stunden nichts als gearbeitet hatte, dass Art mich zum Essen eingeladen hatte, dass sie in sieben Minuten anfangen würden, dass es regnete und ob sie mich vielleicht …

Lachend sprang Dad auf. »Steig ins Auto«, sagte er. »Komm schon, Justine, sie verdient es.«

Und in zehn Minuten war ich da.

»Na?«, sagte ich in zu Art, als er mich an der Haustür umarmte, »wie viel hast *du* geschafft? Ich kann mir für den Rest des Tages freinehmen.«

»Toll! Ich auch.«

»Du meinst, du hast genug wiederholt?«

»Genug. Wenn ich nicht gleich zum Telefon renne und rumprotze, heißt das ja nicht, dass ich faul war.«

Das Essen war einfach toll. Zehn oder mehr Leute waren da, es war laut, der Wein floss und Art und ich saßen zusammen an einem Tischende und ignorierten alles um uns. Wir benahmen uns schlecht; wir lachten miteinander, unterhielten uns sozusagen Nase an Nase und schlossen die anderen aus. Wir waren hungrig und lustsüchtig. Unter dem Tisch hatte Art die Hand auf meinem Bein und ich presste es fest gegen seines. Niemand nahm Notiz von uns. Fast mechanisch füllte Fran unsere Teller nach.

Sobald es ging, stahlen wir uns davon, Hand in Hand die Treppe hinauf. Niemand sah uns gehen; und wenn doch, hätte es niemanden interessiert. Kaum hatte Art die Tür hinter uns zugemacht, fielen wir einander in die Arme und fingen an zu knutschen.

»Und? War's das wert?«, sagte Art, als wir eine kurze Atempause einlegten.

»Was?«

»Mich die ganze Woche lang nicht zu sehen. Nur zu arbeiten.«

»Ja. Und wie!«

»Du bist eine Streberin. Eine echte Streberin.«

»Klar. Ich werde überall Supernoten kriegen.«

»Dein Top-Dings gefällt mir.«

»Ist neu.«

»Zieh's aus.«

Lachend löste ich mich von ihm und ging zum Fenster. Art kam mir nach. Neben seinem Schreibtisch stand eine große, schief nach einer Seite wachsende Pflanze mit Blättern, die wie ein Schweizer Käse aussahen. Ein gerade frisch entfaltetes Blatt streckte seine Finger dem Licht entgegen.

»Woher hast du die?«, fragte ich.

»Fran hat sie rausgeworfen. Sie sagt, sie würde zu groß und zu plump werden – genau die Meinung, die sie auch von mir hat. Das hat mich mit der Pflanze verbunden. Ich habe sie aus der Mülltonne gerettet.«

»Aber sie ist doch gesund – sieh dir das neue Blatt an. Komisch, dass sie sie einfach wegwirft.«

»So ist das eben mit Stiefmüttern«, sagte er. »Aber jetzt, mein Kumpel, bist du in Sicherheit, was?«

Er sperrte die Tür ab, drehte sich um und zog sein Sweatshirt aus.

Wir liebten uns, langsam und genüsslich, so, als hätten wir das jetzt verdient. Das große Gefühl in mir wuchs, es wuchs drängend, aber fest und beständig, es stürzte nicht ab. Danach schliefen wir eng aneinander geschmiegt ein. Als ich aufwachte, war es fast dunkel geworden. Draußen in der kleinen Straße vor dem Haus gingen gerade die Lampen an, sie brachten einen merkwürdigen orangefarbenen Schimmer in den Raum. Schatten bewegten sich an den Wänden; das neue Blatt von Arts Pflanze hatte den Umriss einer großen Schattenhand, die sich über uns erhob. Der Regen hatte noch zugenommen, er prasselte gegen die Fenster, rauschte durch die Dachrinne, plätschernd wie ein Bach. Ich rückte dichter an Art heran. Alles hatte auf einmal eine besondere Bedeutung: der Regen, die Schatten, das unnatürliche Licht. Mir erschien alles so wirklich, mehr als wirklich, überwirklich, als seien meine Sinne erweitert und überscharf wie bei einem Mystiker in Trance.

»Ich bin gleich auf der Astralebene«, flüsterte ich Art zu. »Ohne Hilfe von illegalen Mitteln.«

Er brummte. Er schlief noch halb. Ich betrachtete sein Gesicht, schob ihm das Haar aus der Stirn. Die Stelle zwischen Augenbrauen und Lidern war so wunderschön, die Linie zwischen Nase und Mund ... und die glatte Haut auf seiner Brust über den Muskeln ... Ich hatte das Gefühl, als ob meine Liebe und Bewunderung aus mir herausströmte, so stark, dass man sie sehen konnte – wie auf einem dieser Christusgemälde, auf dem Liebe als Lichtstrahl dargestellt ist.

»Ich durchlebe gerade was total Neues«, sagte ich und zupfte zärtlich an seinem Haar. »Ich bin ... du bist ganz in Licht getaucht, Art – in mein Licht. Wach auf, du Mistkerl. Sonst kriegst du das nicht mit. Ich fühle mich – ich fühle mich wunderbar.«

Durch halb geschlossene Augen lächelte er mir zu. »Schön. Ich kann's eben«, sagte er und schlief wieder ein.

Als ich an diesem Abend nach Hause kam, setzte ich mich an den Schreibtisch unter dem Dachfenster und nahm mir ein Blatt Papier. Ich wollte etwas aufschreiben, damit ich nie vergessen würde, was ich in Arts Zimmer erlebt hatte. Es wurde eine Art Gedicht. Ich schrieb darauf los, ohne viel daran zu ändern:

Von draußen schimmert orangefarbenes Licht
Und dunkle Schatten streichen über die Wand,
Allen voran die Schattenfinger deiner Pflanze.
Und das Rauschen des Regens,
Unaufhörlich, tröstlich,
Bringt uns einander näher,
Hier, ohne Kleider im Bett,
Wo es beinahe warm ist.

Als ich es noch einmal las, fand ich, es drückte alles aus – die besondere Atmosphäre und wie es mich freute, dass er die Pflanze gerettet hatte, und wie hellwach meine Sinne gewesen waren und selbst die Spur von Kälte am Ende, die die Distanz zwischen uns anklingen ließ.

Ich beschloss, Art das Gedicht zu schenken. Sagen konnte ich es nicht, aber ich konnte es ihm aufschreiben.

Am Donnerstag nach dem Schwimmen, als wir in der Cafeteria saßen, gab ich ihm das Gedicht. »Für dich.«

Nachdem er es gelesen hatte, sah er mich an. Ich spürte, dass ich die Luft anhielt. »Und?«, sagte ich.

Er hielt sich das Blatt Papier verkehrt herum vor die Augen.

»Na, na. Gefällt es dir nicht?«

»Hm. Was bedeutet es?«

»Es beschreibt einen Moment von Leben – weißt du, letzten Sonntag. Als ich mich so durch und durch ... lebendig fühlte. Es war riesig.«

114

»Wenn du über ein riesiges Gefühl schreiben willst, Coll, warum beschreibst du dann nicht, wie wir zusammen waren?«

»Weil das Pornographie wäre.«

»Es ist … spitzenmäßig, Coll«, sagte er. »Kann ich es behalten?«

Vielleicht verbringen wir zu viel Zeit zusammen oben in seinem Zimmer, dachte ich. Vielleicht ist das nicht gut. Art kann es gar nicht fassen, wie sehr mich der Sex mit ihm berührt. Er weidet sich an dem immer neuen Aufruhr in meinem Gefühlsleben, den ich durchmache. Er sagt, ich genieße es mehr als er. Vielleicht stimmt das.

Er weiß nicht, was in mir vorgeht – es sind Gefühle von abgöttischer Verehrung, Dankbarkeit, tiefer Liebe. Das alles behalte ich wohlweislich für mich. Ich glaube, es würde ihm eine Heidenangst einjagen, wenn ich es ihm sagte. Aber ich zeige es ihm auf meine Weise. Ich wandere über jeden Zentimeter seines Körpers und ich liebe ihn, aber er merkt nicht, dass es Liebe ist, er hält mich nur für sexy, aufregend, toll im Bett. Und ich lasse ihn bei dem Glauben, ich lasse es bei der Doppeldeutigkeit, weil ich im Moment nicht weiß, wie es anders gehen soll.

Liebe. Ich liebe ihn. Es klingt nicht mehr platt in meinen Ohren. Aber ich kann es ihm nicht sagen. Ich warte, bis er es zuerst sagt.

Ich höre jetzt genauer hin, wenn es in den Texten dieser alten Songs heißt, Liebe ist gefährlich, Liebe ist berauschend, Liebe legt einem Fesseln an. Jetzt verstehe ich, wie das gemeint ist.

21

Zwei Tage später war der geregelte Ablauf unseres Lebens zerstört.

Plötzlich. Brutal.

Am Samstagmorgen, als ich fast fertig gefrühstückt hatte und mich danach wieder an die Bücher setzen wollte, stand Val vor der Tür. Sie war blass und verstört. Ich machte ihr einen Kaffee und wir gingen in mein Zimmer. »Val«, sagte ich, »was um Himmels willen ist passiert?«

Sie sah mich an, verzog das Gesicht und sagte: »Ich glaube, ich bin schwanger.«

Mir war, als hätte plötzlich jemand die Luft aus dem Zimmer gesaugt. Ich spürte einen entsetzlichen Druck auf mir. »Was?«, sagte ich und bemühte mich um einen ruhigen Ton. »Wie weit bist du über den Termin?«

»Eine Woche.«

»Ach, Val, das ist doch nichts! Du bist durcheinander – wegen der Prüfungen und ...«

»Aber du weißt, dass es bei mir höchstens mal einen Tag oder so zu spät kommt. Und vor einer Weile waren wir ... wir haben uns nicht vorgesehen.«

»O Gott.«

»Er hat unterbrochen. Er hat gesagt, es sei nichts passiert. Ich weiß, wir hätten's nicht tun dürfen. Wir ... wir hatten keine ... wir ...«

Ich nahm ihre Hand. »Verlier nicht den Kopf, Val. Hast du ...«

»Ich hab immer das Gefühl, als ob es jeden Moment losgeht! Ich komme mir richtig aufgebläht vor, schrecklich! Aber nichts geht los!«

»Val. Man kann Tests machen ... auch dann, wenn die Periode erst ein paar Tage ausgeblieben ist. Präzise Tests.«

Mit aufgerissenen Augen sah sie mich an.

»Aus der Apotheke«, sagte ich. Ich stand auf. »Bleib hier. Ich lauf und hol was.«

Ich schnappte mein Geld und rannte den ganzen Weg. Dann, als ich bei der Apotheke war, ging ich vorbei. Ich konnte einfach nicht hineingehen. Sei nicht so ein Waschlappen, sagte ich zu mir selber. Es geht nicht um dich, es geht um Val. Kehr schon um und geh rein!

Ich versuchte, an die Werbeanzeigen für Kondome zu denken, in denen sie einem versichern, dass es dem Verkäufer schnurzpiepegal sein muss, was einer kauft. Ich ging hinein und nuschelte dem Mädchen hinter dem Tresen zu: »Können Sie einen Schwangerschaftstest empfehlen?«

Sie holte einen Kasten und schwenkte ihn durch die Luft. Ich hörte die Worte »verlässlich«, »genau«, »schon einen Tag nach der ausgebliebenen Periode anzuwenden«. Ich brachte es fertig, zu lächeln, ich murmelte: »Schön, vielen Dank!«, und schob ihr den Haufen Geld hin, den sie anscheinend verlangt hatte. Dann rannte ich nach Hause.

Wir machten das bunte, zartfarbene Päckchen auf und nahmen eine Art Stäbchen heraus. Ich las die Gebrauchsanweisung. »Komm, Val«, sagte ich, »du musst es einfach in die Toilette legen und draufpinkeln.«

Sie sah mich entsetzt an. »Aber was, wenn ... «

»Du musst es *wissen*«, rief ich, »los, mach schon. Wenn alles falscher Alarm ist ... «

Nach ein paar Minuten kam sie wieder. Sie zeigte mir das Stäbchen.

»*Ein* Fleck beweist, dass der Teststreifen funktionsfähig ist«, sagte ich heiser. »Wenn nach fünf Minuten oder so ein zweiter Fleck erscheint, bedeutet das, dass du schwanger bist.«

Ich sah schon, wie sich langsam der zweite Fleck bildete. Vielleicht kommt er nur daher, weil das Stäbchen noch nass ist,

117

dachte ich. Vielleicht geht er weg nach den fünf Minuten, die man abwarten soll, vielleicht verschwindet er.

Aber er verschwand nicht. Er blieb. Er war wie ein Leuchtfeuer. Hier bin ich, sagte er.

Hier bin ich.

22

Als Val begriffen hatte, sank sie in sich zusammen und weinte. »O Gott«, schluchzte sie. »Was soll ich tun? O Gott. Mir ist schlecht.«

Ich hielt sie im Arm und streichelte ihr Haar, unbeholfen, mechanisch. In Gedanken schrie ich: Warum muss so was passieren? Warum muss so was passieren? Allein kann ich dir nicht helfen. O Gott. Ich weiß nicht, was ich tun soll. Ich weiß nicht, was ich tun soll.

Plötzlich, alarmiert von den Schluchzern, tauchte Mums Kopf in der Öffnung der Bodenluke auf. Und wie in einem Traum, wenn man die Gedanken anderer Menschen lesen kann, sah ich Val an, sie grub den Kopf in meine Seite und ich wusste, das hieß: Ja. »Mum?«, sagte ich, »Val ist ... sie ist schwanger.«

Und Mums Gesicht wurde dunkel wie in einem Albtraum, sie stemmte sich vollends die Bodenleiter herauf und kam zu uns. Sie nahm Val in den Arm und sagte: »Ist ja gut, Val. Es ist gut.«

Wir gingen in die Küche und tranken Tee, wir ließen Val weinen und versuchten sie zu trösten. Sie befand sich noch immer in einem Zustand von Schock und Fassungslosigkeit. Einmal kam Dad herein, aber nach einem Blick von Mum verschwand er sofort wieder.

»Du wirst dich damit auseinander setzen müssen, meine

Liebe«, sagte Mum. »Auf diese Tests kann man sich hundertprozentig verlassen, jedenfalls im positiven Fall. Manchmal kommt es vor, dass eine Schwangerschaft irrtümlich nicht angezeigt wird – aber es wird keine angezeigt, wenn keine besteht.«

»Was soll ich jetzt tun?«, wimmerte Val. »Ma kann ich das nicht sagen. Das kann ich einfach nicht.«

Vals Familie war irisch-katholisch. Nicht mehr streng gläubig, das nicht, aber der Katholizismus steckte ihnen noch im Blut.

»Verlier nicht den Kopf, Val«, sagte Mum laut. »Wie lange ist deine Periode ausgeblieben?«

»Eine Woche«, schluchzte Val.

»Also bist du ... du bist erst seit fünf Wochen schwanger.« Sie drückte Vals Hand. »Du hast noch genug Zeit, um ... dir alles genau zu überlegen. Wenn du dich für eine Abtreibung entscheidest, ist es ... also, dafür ist es im Moment noch zu früh. Der ... Fötus ist zu klein, als dass sich jetzt schon ein erfolgreicher Eingriff machen lässt.«

Wieder fing Val zu weinen an.

»Colette – geh und ruf Greg an«, sagte Mum. »Sag ihm, er soll herkommen. Er muss es wissen, Val.«

Es war eines der schrecklichsten Telefongespräche, das ich je habe führen müssen. Kaum hatte Greg meine Stimme gehört, die gezwungen klang und anders als sonst, wusste er natürlich, warum ich anrief. Val hatte ihm sicher von ihrer Befürchtung erzählt und ich glaube, er ahnte schon das Schlimmste.

Es dauerte keine Viertelstunde, da stand er vor der Tür, aschfahl. Er kam in die Küche und legte die Arme um Val, sie stand auf und zusammen gingen sie zur Tür. »Wir gehen ... wir gehen ein bisschen spazieren oder so«, sagte er. »Danke. Danke, Mrs Rowlands.«

Mum klopfte ihm auf die Schulter. »Ich bin immer da«, sagte

sie. »Ich bin immer für euch da – für euch alle beide. Das wisst ihr.«

Greg warf ihr einen verzweifelten Blick zu und ging.

»Solche Kinder«, sagte sie und Tränen stiegen ihr in die Augen. »Sie sind selber noch solche Kinder.«

Am Ende des Tages war ich erschöpft von der Anstrengung, mir Sorgen um Val zu machen und gleichzeitig zu lernen. Art rief ich nicht an. Irgendwie wollte ich nicht mit ihm darüber reden.

Ich sagte Mum, dass ich nicht mitessen wolle. Sie verstand mich. Sie machte mir Toast und schickte mich ins Bett. Ich weinte eine Weile ins Kissen und dann, um auf andere Gedanken zu kommen, versuchte ich, noch einmal *Der Herr der Fliegen* zu lesen, eines der für die Prüfung ausgewählten Bücher. Aber es erschien mir so fremd, so unwichtig, all die kleinen Jungen mit ihrer Angst und Grausamkeit – ich konnte der Geschichte nicht folgen.

Später brachte Mum mir Tee und setzte sich auf mein Bett.

»Colette«, sagte sie und strich mir übers Haar. »Es war richtig, dass du es mir gesagt hast. Du hast zu Val gehalten und du wirst ihr helfen. Du bist eine gute Freundin.«

Ich fing wieder an zu weinen, ich weinte wie ein kleines Mädchen und Mum legte die Arme um mich und wiegte mich hin und her. Ich spürte ihre Kraft und Zuverlässigkeit und ich weinte.

»Was denkst du, wird sie tun?«, sagte ich schluchzend. »Wofür meinst du, wird sie sich entscheiden?«

»Ich weiß es nicht. Es ist in jedem Fall eine fürchterliche Entscheidung. Habt ihr schon einmal darüber gesprochen?«

»Nein. Nicht richtig. Ich meine … wir haben einfach gedacht … wir würden schon aufpassen, dass nichts passiert. Und falls es doch zum Schlimmsten käme … haben wir gesagt, würden wir eine Abtreibung machen lassen. Aber jetzt ist es so … es ist so …«

»Ja«, sagte Mum. »Ich weiß.«

»Und es ist ja auch Gregs Entscheidung«, heulte ich.

»Ich weiß, ich weiß. Hauptsächlich aber liegt es bei Val. Es muss bei Val liegen.«

»Warum muss das *jetzt* passieren? Ich ertrage es nicht. Wie soll sie denn jetzt ihre Prüfungen machen? Und Greg? Ich kann nicht mehr klar denken und dabei bin ich ...«

»Ich möchte, dass du mir etwas versprichst, Liebling«, sagte Mum fest. »Versprich mir, dass du dich nicht durch ein ... ein unangebrachtes Schuldgefühl vom Lernen abbringen lässt.«

»Ich kann nicht«, jammerte ich. »Ich kann jetzt nicht ans Lernen denken. Ich kann nicht einmal dieses Buch lesen.«

»Natürlich nicht«, sagte sie. »Nicht jetzt. Aber wenn du geschlafen hast, kannst du es. Es ist immer so, dass alles sich verändert. Du musst dich nur fest auf deine Arbeit konzentrieren. Und irgendwie musst du Val davon überzeugen, dass sie das auch tun muss.«

»Was spielt das jetzt für eine Rolle? Was spielt überhaupt alles noch für eine Rolle?«

Sie nahm meine Hände. »Hör zu, Colette. Es hilft. Es wird euch beiden helfen. Das Lernen ist etwas, was eure Gedanken beschäftigt, es ist etwas ganz anderes.«

Ich ließ mich wieder ins Kissen sinken und Mum deckte mich zu. »Du bist stark genug«, sagte sie. »Wenn ich es nicht wüsste, würde ich nicht so mit dir reden. Val wird es durchstehen. Das verspreche ich dir. Und ich bin da. Ich bin auch noch da.«

23

Art hatte sich von Ian bestechen lassen, am Sonntag mit zu einer großen Familienparty zu kommen. Er hatte auch mich dazu eingeladen und nur unter der Bedingung, dass ich während der Woche genug schaffen würde, hatte ich zugesagt. Ich konnte mich also jetzt leicht am Telefon herausreden mit der Behauptung, ich hätte doch noch zu viel zu tun.

»Ich hab auch noch viel zu tun«, sagte Art. »Ich bleibe nur eine Stunde oder zwei. Nur so lange, bis es mir zum Hals raushängt. Vielleicht können wir unter der Woche mal weggehen?«

»Vielleicht«, sagte ich.

Er fragte nicht, was los sei, er sagte auch nicht, dass ich mich anders anhöre als sonst. Vielleicht merkte er gar nichts.

Val war am Montag nicht in der Schule. Ich schleppte mich durch den Tag wie ein Zombie. Wie Mum gesagt hatte, schaffte ich es irgendwie, den für das Lernen zuständigen Teil meines Gehirns am Laufen zu halten. Ich kam mir vor wie in einem langen Tunnel, dessen Ausgang zugemauert war. Kein Fluchtweg; nur in der Vorwärtsrichtung ging es weiter.

Nach dem Abendessen rief Greg an. Er fragte, ob er und Val mal vorbeikommen könnten. »Klar«, sagte ich. Und ob Mum dabei sein könne, wollte er wissen.

»Wenn ihr wollt, ja«, sagte ich.

Als wir zu viert um den Küchentisch saßen, jeder einen Becher Kaffee vor sich, fing Greg an zu reden. »Vielen Dank, Mrs Rowlands für ... Sie wissen schon. Vals Mutter können wir es nicht sagen. Ich habe es auch meinen Eltern noch nicht gesagt, aber ich bin bereit dazu und ich weiß, dass sie uns helfen würden, wenn ... wenn ...«

»Wir können uns nicht entscheiden«, sagte Val hastig. »Mal denken wir so und dann wieder so. Ich meine ... welches Recht haben wir, es ... es umzubringen? Aber wenn ich es nicht tue, kann ich die Universität vergessen und ... und alles in der Richtung ... Ich meine, ich weiß, ich könnte trotzdem studieren, aber mit einem Baby – was habe ich da für eine Chance ...« Sie fing an zu weinen. »Ich kann mich nicht um ein Baby kümmern! Was hätte es denn für ein Leben?« Greg beugte sich vor und legte ihr den Arm um die Schultern. »Heute Morgen dachte ich schon, es würde abgehen. Und ich war so erleichtert. Aber dann war es doch nicht so. O Gott. Ich weiß nicht, was ich tun soll. Ich weiß nicht, was ich tun soll.«

»Findest du, dass es falsch ist, Val?«, sagte Mum ruhig. »Hältst du Abtreibung für Sünde?«

»Ich weiß nicht. Bis jetzt nicht. Nicht in der Theorie. Aber jetzt, wo ich ...«

»Jetzt, wo du schwanger bist, ist es was anderes.«

»Ja. Jetzt ... bete ich jeden Moment darum, dass ich Blut sehe. Dass alles zu Ende ist.«

Schweigen breitete sich aus. »Ich finde nicht, dass es falsch ist«, sagte Greg heiser. »Aber es ist Vals Entscheidung. Und das weiß sie auch.«

»Das hilft mir nicht«, heulte Val. »Ich kann das nicht so allein entscheiden!«

»Aber er hat Recht, Liebes«, sagte Mum und tätschelte ihren Arm. »Es ist deine Entscheidung.« Dann lehnte sie sich zurück und sagte: »Versteht ihr, in gewisser Weise kann ich mich durchaus anfreunden mit dem Standpunkt, dass Sex einzig und allein den Zweck hat, Babys zu zeugen. Und ein Eingriff – welcher Art auch immer – ist eine Sünde.«

Ich starrte sie an. »Mum, das meinst du doch nicht ernst! Du willst doch nicht sagen, du stehst auf der Seite derer, die Empfängnisverhütung verbieten ...«

»Ich habe nicht gesagt, dass ich auf deren Seite stehe. Aber ich sehe die Logik. Denn wo genau fängt Verhütung an? Wo fängt Leben an? Im Augenblick der Empfängnis? Die Methoden zur Empfängnisverhütung funktionieren so, dass das befruchtete Ei daran gehindert wird, sich in der Gebärmutter einzunisten. Ist das Abtreibung? Und viele befruchtete Eier schaffen den Weg ja überhaupt nicht. Was ist das? Babysterben? Sicher nicht.«

Val schüttelte den Kopf. »Meines ist doch aber schon in der Gebärmutter?«

»Ja, Kind. Ja. Aber sehr viele Schwangerschaften brechen in den ersten drei Monaten von selbst ab. Frühe Fehlgeburten. Oft ist es so, dass Frauen gar nichts davon merken. Sie glauben, ihre Periode kommt eben zu spät und ein bisschen stärker als sonst. Der Embryo hat sich nicht richtig entwickelt. Das ist die Natur.«

Val seufzte. »Wenn es doch bei mir so wäre!«

»Wenn du so denkst, Val«, sagte Greg eindringlich, »wenn du das wirklich so meinst, finde ich, du solltest es wegmachen lassen. Es ist schlimmer, ein ungewolltes Kind in die Welt zu setzen als ...« Die Stimme versagte ihm.

»Abtreibung ist legal bis zu einem bestimmten Zeitpunkt, danach ist sie verboten«, sagte Mum sanft. »Und mit gutem Grund. Von einem bestimmten Punkt an wird aus der Gruppe sich teilender Zellen in deinem Körper ein Baby. Wenn du meine Meinung hören willst, Val, ich glaube nicht, dass es schon eins ist. Und ich glaube auch nicht, dass es falsch ist, diesen Prozess jetzt zu stoppen. Auch wenn ich weiß, dass viele es verurteilen.«

Val sah sie an, verzweifelt, flehend.

»Und noch was, Val«, sagte Mum, »ich stand selber schon einmal vor dieser Entscheidung. Vor fünf Jahren.«

Val und Greg starrten Mum an. Dann drehten sie sich zu mir herum, um zu sehen, ob ich es gewusst hatte.

Ich hatte es nicht gewusst. Nicht die leiseste Ahnung hatte ich gehabt.

Mum legte ihre Hand auf meine. Ihr Gesicht war ausdruckslos geworden. »Es tut mir Leid, Liebes, dass ich ... dass ich so damit herausplatze«, sagte sie. »Aber vielleicht hilft es Val, wenn sie weiß, dass jemand anders das auch schon durchgemacht hat ...«

In meinem Kopf drehte sich alles. Vor fünf Jahren. Da war ich elf, zwölf gewesen. Mum war zweiundvierzig. Das ist nicht zu spät zum Kinderkriegen.

»Warum, Mum«, sagte ich heiser, »warum hast du es nicht bekommen?«

»Oh, es war eine fürchterliche Entscheidung. Dad und ich haben wochenlang darüber geheult. Das Schlimmste war der Gedanke, dass euer kleiner Bruder oder eure Schwester genauso zu uns gehört hätte wie Sarah und du – ich meine, es war, als hätten wir eine von euch loswerden wollen.«

Ja, dachte ich. So war es. Genau das war es.

»Aber ich war über vierzig und übergewichtig, das ist ein hohes Gesundheitsrisiko und ich wollte nicht unser Familienleben aufs Spiel setzen. Aber vor allen Dingen – ich wollte nicht noch ein Baby haben. Dich und Sarah, euch hatte ich gewollt.«

»Aber hattest du deshalb das Recht ...« Meine Kehle war wie zugeschnürt. Ich wusste nicht, was ich dachte.

»Ich glaube schon. Ich glaube, ich hatte das Recht. Und ich habe es nicht bereut. Natürlich, Trauer habe ich empfunden – ich fühlte mich deprimiert und schuldig, ich hatte schlimme Träume, ich träume noch heute davon. Aber ich habe immer gewusst, dass ich noch einmal genauso handeln würde.«

»Aber ich habe doch kein Gesundheitsrisiko«, sagte Val mit krächzender Stimme. »Ich bin jung.«

Mum strich ihr übers Haar. »Für dich gibt es andere Gründe, kein Baby zu bekommen, Val. Dein ganzes Leben liegt vor dir. Du bist noch so jung.«

Val ließ den Oberkörper auf den Tisch sinken und fing wieder zu weinen an. Greg war wie erstarrt, unfähig, sich zu rühren, unfähig, sie zu trösten.

»Ich würde alles drum geben, wenn dir das nicht passiert wäre, Val«, sagte Mum. »Alles.«

An diesem Abend kam Mum noch einmal zu mir herauf und setzte sich auf mein Bett. »Du machst mir Vorwürfe, nicht wahr?«, sagte sie.

Ich sah sie an und schüttelte den Kopf. »Nein«, sagte ich. »Ich meine – es war komisch, als du davon gesprochen hast. Als hätte es genauso gut ich sein können oder so. O Gott, ich weiß nicht.«

»Es hätte uns auseinander gerissen, verstehst du«, sagte sie. »Auch wenn alles gut gegangen wäre. Ein Baby hätte mich ausgelaugt, ich hätte keine Zeit mehr für anderes gehabt. Keine Zeit für dich oder Sarah. Ich weiß noch, wie ich dich damals betrachtet habe – die Pubertät war schon im Gange, du bist hübsch geworden, hast allmählich weibliche Formen entwickelt. Und ich dachte, jetzt ist *sie* an der Reihe. Meine Zeit für Babys ist vorbei. So albern das im Moment klingt, aber ich habe mich darauf gefreut, mal Großmutter zu sein.« Sie nahm meine Hand. »Nur noch nicht jetzt, Liebling. Noch eine ganze Weile nicht.«

»Ich hatte keine Ahnung«, sagte ich. »Keine Ahnung, was da ablief.«

»Wie solltest du auch?«

»War es schlimm? Du weißt schon ... der Eingriff ...«

»Na ja, angenehm war es nicht. Aber der Eingriff war nichts im Vergleich zu dem, was wir vorher durchgemacht hatten, als wir um eine Entscheidung kämpften.«

Ich sah sie an. Ich konnte sie nicht verurteilen. Sie hatte Val nicht verurteilt. Es ist nicht die Zeit für Urteilssprüche, dachte ich.

Mir tat nur alles so schrecklich Leid.

24

Am Donnerstag sagte ich Art, dass ich mit ihm reden müsse, aber nicht am Telefon. Wir trafen uns in einem Pub, der auf halber Strecke zwischen unseren Häusern liegt. Ich erzählte ihm, was passiert war. Als er merkte, dass es sich um Vals Problem handelte und nicht um meines, huschte deutliche Erleichterung über sein Gesicht. Ich gab mir Mühe, ihn in diesem Moment nicht zu hassen.

»Wie schrecklich«, sagte er. »Mein Gott, Coll, du hast mir Angst eingejagt am Telefon. Ich hab hin und her überlegt, was los ist.«

»*Das* ist los«, sagte ich kalt.

»Wie können sie so dumm sein?«, fuhr er fort. »Unterbrechen. Meine Güte.«

»Nicht jeder ist eben so … gut informiert wie du.«

»Bestimmt würde sie ihn am liebsten umbringen.«

»Er hat sie nicht dazu gezwungen. Es ist nur … es ist so schrecklich. Sie weiß noch nicht, was sie tun soll und …«

»Wird sie denn nicht … sie lässt es doch wegmachen, oder?«

»Ich denke schon. Ich weiß es nicht.«

»Sie kann es doch nicht *wollen*! Ein Kind am Hals! Ich kann mir Val nicht als allein stehende Mutter vorstellen.«

»Warum nimmst du an, sie wird allein stehend sein?«

»Na ja, sie werden ja wohl kaum heiraten, oder? Mit siebzehn?«

»Das spielt doch keine Rolle! In Vals Bauch wächst ein Baby heran – sie muss entscheiden, ob sie es behalten will oder nicht!«

»Klar, aber sie muss an die Zukunft denken. Es ist ihr Leben, Gregs Leben. Ein Kind würde alles vermasseln.«

»Sieh mal … es ist … es geht nicht um eine intellektuelle

Frage. Sie kann sich nicht hinsetzen, Punkt für Punkt auflisten, was für und wider die eine oder die andere Entscheidung spricht, und dann tun, was das *Vernünftigste* ist. Sie ist total durcheinander!«

»Aber es wird ihr besser gehen, wenn sie sich entschieden hat ... «

»Ach ... das glaubst du? So einfach ist das, ja? Und wenn sie die falsche Entscheidung trifft?«

»Coll, reg dich ab. Warum blaffst du mich an? Es ist doch nicht meine Schuld.«

Ich sagte nichts mehr. Ich war den Tränen nahe.

Kurz darauf brach ich auf. Beim Abschied war ich sehr reserviert und er war nicht so dumm, mich zu bedrängen.

»Ich ruf dich morgen an«, sagte er. »Hören, wie's dir geht. Mach dir nicht so viele Sorgen, Coll.«

Zwei Tage danach kam Val zu mir, bleich und entschlossen. Sie war beim Arzt gewesen. Sie hatte sich entschieden. Sie hatte einen Termin in einer Abtreibungsklinik vereinbart, weil sie den Gedanken, auf der Warteliste des National Health Service zu stehen, nicht ertragen konnte. Gemeinsam mit Greg hatte sie das erforderliche Geld aufgebracht. Keiner der beiden hatte den Eltern etwas gesagt.

»Der Termin ist Ende der Woche. Ich brauche die Zustimmung von zwei Ärzten, damit ich es machen lassen kann«, sagte sie. Dann verschränkte sie ihre Finger und sagte: »Coll ... gehst du mit?«

»Ich? Aber was ist mit Greg ...?«

»Ich will ihn nicht dabeihaben.« Sie verzog das Gesicht. »Wir hatten einen Mordskrach. Ich gebe ihm die Schuld, Coll ... Ich kann nicht anders. Er hat versprochen, dass er aufpasst. Immer wieder höre ich ihn sagen: ›Ich bin schon vorsichtig.‹«

»O Val.«

»Und ich hasse ihn, weil … weil er es gar nicht an sich heranlässt. Er lernt trotzdem, er büffelt wie verrückt. Er sagt, es hilft, aber ich kann nicht lernen. Ich werde alles verpatzen, weil ich diesen … diesen ganzen Schlamassel am Hals habe. Es ist so wahnsinnig ungerecht. Ich finde, er lässt mich im Stich.«

»Ach Val, du weißt, dass das nicht stimmt. Du weißt, dass er selber ganz durcheinander ist.«

»Ja, aber er ist nicht derjenige, der es ausbadet. Er ist nicht derjenige, der es ausbaden *muss*. Dafür hasse ich ihn.«

Ich wusste nicht, was ich sagen sollte. Jeder Überredungsversuch, Greg zu verzeihen, war zwecklos. Sie war nicht in der Verfassung, irgendeinem Menschen zu verzeihen.

Freitagmittag fuhren wir zur Klinik. Es war kein Problem, den Nachmittag zu schwänzen. Die Klinik lag nur eine kurze Busfahrt von der Schule entfernt – ein großes altes Gebäude aus der Zeit König Edwards mit einem angegliederten Neubau, in dem die ambulanten Patienten behandelt wurden. Wir wurden in den Warteraum geführt und dort setzten wir uns in eine Ecke. Ich hörte Val neben mir atmen, hastig und zitternd. Nervös drückte ich ihr die Hand.

Es waren ungefähr zehn Menschen im Wartezimmer, meistens in Zweiergruppen. Während ich mich umsah, dämmerte mir, dass vor fünf Jahren Mum wahrscheinlich in einem ähnlichen Raum gewartet hatte, aber der Gedanke war zu schrecklich, um lange daran festzuhalten. Nur zwei Männer waren da, sie hatten den ängstlich-trotzigen Blick von Männern in feindlichem Lager, die auf Nachsicht hofften und auf Beschimpfungen gefasst waren. Einer von ihnen hielt die Hand eines blonden Mädchens mit teigigem Gesicht. Sie trug einen Verlobungsring. Ihr Baby hat sich also zu schnell angemeldet, dachte ich. Ob sie danach trotzdem heiraten werden mit Schleier, Rüschen und allem Pomp? Wie lange werden sie warten? Werden sie *nach* der Hochzeit in angemessener Zeit andere Kinder haben? Und wird der Schatten des ersten Kindes – das sie aus dem Leben gejagt hatten – immer über ihnen hängen?

Keiner der Wartenden sah den anderen lange an. Zwei Mädchen in unserem Alter waren da – nein, jünger –, beide mit ihren Müttern. Die eine Mutter war blass, sorgfältig frisiert, konventionell gekleidet. Und so traurig. Das habe ich nicht für sie erhofft, schien ihr Gesicht auszudrücken. Das hätte nicht passieren dürfen. Ihre Tochter sah adrett aus wie die Mutter, ihr Blick war geistesabwesend, als wäre sie ganz woanders.

Die andere Mutter hatte gefärbtes blondes Haar, enge Jeans, große Ohrringe, sie wirkte unsentimental und eher so, als sei sie der Situation gewachsen. Ihre Tochter, fünfzehn ungefähr, mürrisch und verschlossen, räkelte sich auf der Bank. Sie sahen aus, als hätten sie gestritten, bevor sie hierher gekommen waren. Trotzdem, dachte ich, mir wäre diese Mutter lieber als die andere. Sie ist bestimmt die größere Hilfe.

Über uns an der Wand flimmerte der Fernseher sein Programm dem Tagespublikum der Hausfrauen mit Kindern entgegen. Ein Werbespot nach dem anderen für Babynahrung, Windeln, Cremes. Babys kullerten, krähten und lachten glucksend über den Bildschirm. Es war furchtbar.

Nach etwa zehn Minuten wurde Val aufgerufen. Ich stand mit ihr auf, unsicher.

»Deine Freundin kann mitkommen, meine Liebe«, sagte die Krankenschwester. »Wenn du es möchtest.«

Val nickte. Ihre Augen waren jetzt weit aufgerissen vor Anspannung und Furcht. Wir wurden in ein kleines Büro geführt, in dem hinter einem Schreibtisch eine ungefähr sechzigjährige Frau mit einem weißen Haarknoten saß. Als wir hereinkamen, sah sie auf. Sie lächelte nicht.

»Kommt herein, Mädchen«, sagte sie. »Setzt euch. Nun – um wen geht es?«

Ich war nervös wie sonst was, als Val anfing alles zu erklären. Ich wartete nur darauf, dass die alte Frau etwas Missbilligendes sagen würde, etwas, worüber Val sich aufregen würde. Dann hätte ich nämlich ... Ach, ich weiß auch nicht. Wir saßen auf der Kante unserer Stühle und ich hatte so ein starkes Bedürfnis, Val zu beschützen.

»Wir machen einen Urintest – wir müssen uns überzeugen, dass du tatsächlich schwanger bist«, sagte die Frau. »Dann gehst du zu einer zweiten Ärztin und zuletzt triffst du dich mit unserer Beraterin zu einem kleinen Gespräch. Es ist eine sehr emotionale Entscheidung, wie du weißt. Wir müssen uns vergewissern, dass sie richtig ist.«

»Sie ist richtig«, sagte Val mit weißem Gesicht. »Ich weiß es.«

»Ja, meine Liebe. Ich glaube, für dich ist es richtig.«

Val schmolz dahin. »Ich fühle mich so schuldig«, wimmerte sie. »Ich hab Angst, dass ich es bereuen werde, dass ich nie darüber wegkomme ... Überall liest man von protestierenden Gruppen in Amerika und wie verwerflich eine Abtreibung ist ...«

»Ich praktiziere seit den Fünfzigerjahren«, unterbrach die Frau freundlich. »Lange Zeit, bevor Abtreibungen legal waren. Ich habe reihenweise Frauen erlebt, die einen ›Fehltritt‹ begangen hatten – sie waren deprimiert, aufgebracht, traurig. Wir konnten ihnen damals nichts weiter sagen als: Haltet die Ohren steif, ihr werdet das Baby schon lieben, wenn es da ist. Ich habe mich immer gefragt, ob sie ihre Kinder tatsächlich liebten. Jetzt ist das anders. Heutzutage gibt es nur einen einzigen Grund, dass man ein Kind bekommt. Wenn man eines will.«

Val wurde untersucht, ein Blut- und ein Urintest wurden gemacht, sie musste zu einer zweiten Ärztin und danach ging sie allein zu dem Gespräch mit der Beraterin. Als sie herauskam, sah sie aus, als hätte sie geweint, und die Beraterin drückte ihr die Schulter und sagte: »Vergiss nicht, mich anzurufen. Wenn du möchtest.« Dann musste sich Val einen Termin für den Eingriff geben lassen und es war vorbei. Wir machten uns zu Fuß auf den Heimweg. Zufällig kamen wir an einem kleinen schmuddeligen Café vorbei, wir gingen hinein und setzten uns an einen Tisch.

»Die Beraterin war sehr gut«, flüsterte Val. »Sie hat gesagt, ich soll mir keine Sorgen machen, weil ich Greg hasse. Das ist normal, meint sie.«

»Hattest du das Gefühl … hattest du noch immer das Gefühl … dass du das Richtige tust?«

»Ja. Sie hat hauptsächlich zugehört. Sie sagt, das Motto der Klinik ist: Jedes Kind soll ein Wunschkind sein. Was nicht immer dasselbe ist wie ein geplantes Kind … und … und ich weiß, dass ich dieses Baby nicht gewollt habe.«

Wir schwiegen eine Weile, dann sagte Val: »Coll … ich habe das Gefühl, als ob ich nur noch mit Scheuklappen rumlaufe. Als ob ich das Schreckliche einfach tun *muss*, egal, welche Konsequenzen es haben wird. Es ist … etwas Böses, so oder so. Und ich muss es tun.«

Ich erschrak bei ihren Worten. Aber ich streichelte ihren Arm und sagte: »Ja. Du hast die richtige Entscheidung getroffen, Val.«

Danach redeten wir eigentlich nicht mehr viel. Es war, als wäre von irgendwo aus dem Dunkel eine kalte Hand gekommen, die uns fest hielt. Und wir ahnten, dass dieser tote, kalte Ort immer da war, wie sehr wir uns auch bemühen würden, nicht daran zu denken, und dass es Glückssache war, ob man in diesen Abgrund gestoßen wurde oder nicht. Diesmal hatte Val kein Glück gehabt. Und Mum vor fünf Jahren auch nicht. Beide würden die Last ihrer Entscheidung mit sich schleppen, ihr Leben lang. Mir war, als ob auch ich sie schleppte.

25

Art sah ich am Samstag. Er wollte, dass ich zu ihm käme, aber ich wollte mich lieber in einem Pub mit ihm treffen. Neutraler Boden.

Er war erleichtert, als ich ihm sagte, dass Val sich in der Klinik angemeldet hatte. »Gott sei Dank ist sie vernünftig«, sagte er.

»Ich glaube nicht, dass *Vernunft* eine große Rolle spielt«, fauchte ich. »Es geht darum ... was sie ihrem Gefühl nach tun muss.«

»Hm. Nächste Woche um die Zeit ist alles vorbei.«

»Du lieber Gott, Art, es ist doch nicht so, als ob man sich einen Zahn ziehen lässt. Ihr ist hundeelend zu Mute. Sie muss mit dieser Entscheidung leben. Ich habe Angst ... ich habe Angst, sie könnte es bereuen. Ich weiß nicht, was ich ihr sagen soll.«

Art verschränkte die Arme über dem Kopf und streckte sich, dass die Gelenke knackten, dann seufzte er. »Sieh mal, Coll«, sagte er. »Ich finde es klasse, wie du dich um Val kümmerst. Du wirst ihr helfen, darüber wegzukommen. Aber ich meine ... so was passiert eben. Man muss damit fertig werden.«

Ich sah auf die Tischplatte. Für ihn gab es die kalte Hand nicht. Sie hatte ihn nicht berührt. Sie hatte ihm nicht einmal leicht über die Haut gestrichen.

Später am Abend sagte ich: »Art, versteh mich nicht falsch. Aber bis zum Beginn deiner Abschlussprüfungen sind es keine zwei Wochen mehr. Ich finde, wir sollten uns jetzt nicht mehr sehen. Erst hinterher wieder.«

Er starrte mich an. »Was? Warum?«

»Diese Geschichte mit Val ... ich kann keinen klaren Gedanken fassen. Sie braucht mich. Und dann ... ich will dich nicht ablenken. Ich finde, wir sollten erst unsere Prüfungen hinter uns bringen. Wir sollten uns mit nichts anderem befassen.«

»Na super! Du meinst, du willst dich nicht mit *mir* befassen.«

»Art, sei nicht gleich eingeschnappt. Du verstehst nicht. Ich bin so ... fix und fertig. Und ich will dich nicht durcheinander bringen.«

»Du spinnst. Warum solltest du mich durcheinander bringen?«

»Wenn wir uns nicht sehen, behalten wir eher einen klaren Kopf. Diese Sache hat mich total erledigt und ich ... ich möchte mich nicht mit dir treffen, wenn mir so zu Mute ist. Ich komme mir vor wie ... ach, Scheiße. Ich will nur noch, dass alles vorbei ist.«

Und ich habe Angst, sagte ich in Gedanken. Ich habe Angst vor allem. Ich habe Angst davor, was Sex mit einem machen kann. Ich habe Angst davor, wie viel du mir bedeutest. Ich habe Angst, dass ich mein Gefühl für dich nicht mehr kontrollieren kann. Ich habe Angst, ich könnte es über dir ausschütten – so kurz vor deiner Prüfung.

Ich habe Angst, du fühlst nicht das Gleiche für mich.

»Bitte versuch doch zu verstehen«, sagte ich lahm.

»Also gut«, sagte er endlich. »Schließ dich ein. Ich will so tun, als gäbe es dich nicht. Vier Wochen lang.«

»Ruf mich auch nicht an«, sagte ich. »Wenn du sagst, du rufst an, warte ich immerzu darauf, und wenn ich deine Stimme höre, will ich dich sehen, und wenn ...«

Ich hatte angefangen zu weinen. Er nahm mein Gesicht in beide Hände und drückte seine Stirn gegen meine. »Also, vier Wochen«, sagte er. »Wenn du das wirklich willst. Vielleicht hast du Recht. Vier Wochen lang werde ich nur ... lernen.«

Am Ende des Abends, als er ging, bekam ich plötzlich die Panik. Das kann ich nicht, dachte ich. Das schaffe ich nicht, dass ich mich überhaupt nicht mit ihm treffe. Ich muss ihn sehen. Muss wissen, was er macht.

Ich zwang mich, ins Haus zu gehen.

Der Countdown lief.

26

Ich war nicht daran beteiligt, Val in die Klinik zu bringen oder sie hinterher abzuholen. Greg kümmerte sich darum. Was ihn anging, hatte Val sich wieder beruhigt.

Unmittelbar danach übernachtete sie bei uns. Wir hatten jetzt alle frei, um uns auf die Prüfungen vorzubereiten, und sie hatte ihrer Mutter gesagt, dass wir gemeinsam bis spät in die Nacht lernen wollten.

Vals Mutter hatte ihr geglaubt.

»Das Schlimmste war«, sagte Val, »als sie mich in den Operationssaal gefahren haben. Man muss zu Fuß hingehen, dann kommt man auf eine fahrbare Liege und dann machen sie einem dieses Ding an den Handrücken. Ich war schon am Wegtreten, aber noch nicht *ganz* weg, da haben sie mich durch diese grässlichen Vorhänge aus Kunststoff geschoben. Es war wie … wie Geisterbahn, weißt du, wenn man durch diese kleinen Türen rumpelt. Ich wollte schreien. Dann bin ich wieder zu mir gekommen und es war vorbei, aber ich habe es nicht gemerkt. Immer wieder habe ich ihnen gesagt, dass ich wach sei … Ich dachte, sie hätten es noch nicht gemacht … Ich war ganz durcheinander … Ich dachte, sie wollten mich bei vollem Bewusstsein operieren. Dann sagte die Krankenschwester, dass es vorbei sei. Und ich war so erleichtert, Coll. Fünf Minuten danach musste ich mich übergeben, aber es machte mir nichts aus. So froh war ich, dass alles vorbei war.«

Nach ein paar Stunden kam Greg noch einmal vorbei. Er hatte Blumen gekauft. Ich war nicht sicher, ob sie großen Anklang finden würden, aber wahrscheinlich dachte er, irgendwas müsse er mitbringen. Ich ließ die beiden allein in meinem Zimmer. Einmal hörte ich Weinen, ich glaube, es war Greg.

Dann ging er und wir machten uns – erstaunlicherweise – an die Arbeit. Val sagte, ihr Kopf sei jetzt klar und sie habe Schwung, und sie fing an ihre Mappen durchzuarbeiten und sich Notizen zu machen.

Ich überließ Val mein Bett. Für mich pumpte ich die Luftmatratze auf, platzierte sie neben Val und so schliefen wir.

Danach kam Val oft zu mir und wir lernten gemeinsam. Ihr Verhalten erinnerte mich irgendwie an das von Soldaten an der Front. Solange der Kampf andauert, ist alles eindeutig. Sobald die Soldaten nach Hause kommen, sobald sie außer Gefahr sind, fangen die Albträume an. Val befand sich noch mitten im Kampf. Sie kämpfte mit eisernem Willen, sie war fest entschlossen durchzukommen. Und wir lernten.

Über den Abbruch sprachen wir nicht viel, aber ich spürte, dass sie auch deshalb gern kam und mit mir lernte, weil sie hier mit jemandem zusammen war, der wusste, was sie durchgemacht hatte. Ich bewunderte es, wie sie schuftete. Hin und wieder sah ich, wie sie in die Luft starrte, und wenn sie dann meinem Blick begegnete, lächelte sie.

Mum ermutigte und unterstütze uns und versorgte uns immer wieder mit einem nahrhaften Imbiss zwischendurch. Wir lebten wie zwei Nonnen – zurückgekämmtes Haar, schlichte Kleidung, nur mit unserer Arbeit befasst. Vergnügen erwarteten wir nicht, es war schon was Besonderes, wenn wir mal zusammen lachten oder uns einen kleinen Schwatz erlaubten. Seltsam, aber es war keine schlechte Zeit.

Doch Art fehlte mir und meine Sehnsucht nach ihm überraschte mich immer wieder. Ich stand zum Beispiel unter der

Dusche und plötzlich spürte ich diesen Schmerz, diese Sehnsucht – so stark, dass mir für einen Moment die Luft wegblieb. Oder ich wusch mir das Haar, schaute in den Spiegel und fühlte mich so leer; ich wollte mich zurechtmachen, mit ihm ausgehen und Spaß haben; ich wollte mir die Fingernägel lackieren, die Wimpern tuschen, ich wollte, dass Art mich ansah und begehrte. Mein Einsiedlerleben hing mir zum Hals heraus.

Wie mochte es ihm gehen? Wie kam er voran? Ich bedauerte es, dass ich mir selbst nicht trauen konnte; dass ich nicht die wunderbare, hilfreiche Freundin war, die verlässliche Stütze während seiner Prüfungen. Und manchmal, an schlimmen Tagen, malte ich mir aus, wie Art mit zufälligen Bekanntschaften herumzog oder – aus purer Bosheit – eine wie Sally anrief. Aber nie ließ ich mich dazu hinreißen, ihn anzurufen.

Dann kam eines Morgens ein Brief für mich.

Ich erkannte sofort Arts Handschrift. Entsetzen packte mich, während ich den Brief von der Fußmatte nahm. Was um Himmels willen hatte er geschrieben? War er auf und davon? Ein Abschiedsgruß? Ich riss den Umschlag auf und las:

Hi, du Streberin, wie geht es dir?
Du hast nichts von Briefen gesagt, also schreibe ich. Hoffentlich ist mit Val alles in Ordnung.
Noch zehn Tage, dann ist alles vorbei. Meine erste Prüfung ist am Montag und ich glaube eigentlich, ich bin vorbereitet. Ich habe viel gelernt. Vielleicht war es eine gute Idee von dir, dass wir einander eine Weile nicht treffen, aber es ist schwer, am Abend einzuschlafen. Zu viel geistige Aktivität, nicht genug körperliche. Am Donnerstag war ich beim Schwimmen, aber du warst nicht da. Ich vermisse dich. Bis in zwei Wochen.   *Liebe Grüße, Art*

PS: Ist es gegen deine Spielregeln, wenn du zurückschreibst?

Ich glaube, nicht viele würden das einen Liebesbrief nennen, aber für mich war es einer. Den ganzen Vormittag hatte ich ein Lächeln im Gesicht, weil ich mir vorstellte, wie Art zum Schwimmen gegangen war, in der Hoffnung, mich zu sehen. Dann setzte ich mich hin und schrieb ihm. Ich brauchte drei Anläufe.

Lieber Art,
es freut mich, dass du viel getan hast. Du wirst das Examen mit links schaffen, ganz bestimmt. In den letzten Wochen hättest du mich wirklich nicht gern um dich gehabt. Ich war so durcheinander wegen Val. Tut mir Leid, dass ich nicht im Schwimmbad war.
Mit Val ist alles soweit gut gegangen. Sie büffelt jetzt mit eisernem Willen. Sie hat mich angesteckt. Meine Kursarbeit habe ich fertig. Die Prüfungen zum Schuljahresende fangen am nächsten Mittwoch an.
Ich kann es kaum erwarten, dich wieder zu sehen, wenn das alles vorbei ist. Ich vermisse dich auch.
Liebe Grüße, Coll

PS: Schreib nicht zurück, ja? Ich möchte auf nichts warten.
PPS: VIEL GLÜCK!

Ich hatte nicht alles geschrieben, was ich ihm sagen wollte – ich hatte nicht geschrieben: Es ist ein unwirklicher Zustand, wenn ich nicht bei dir sein kann, es ist, als ob man verhungern muss … Manchmal sehe ich dich, wenn ich die Augen schließe, dann ist mir, als könnte ich dich riechen, deine Haut, deine Nähe. Ich hatte nicht geschrieben: Ich glaube, ich werde wahnsinnig, wenn ich dich nicht bald im Arm halten kann.

27

Der erste Prüfungstag kam und ich war ziemlich ruhig. Ich wusste, dass ich es konnte, es sei denn, es kämen völlig abseitige Aufgaben dran. Und nach allem, was Val durchgemacht und überstanden hatte, schienen Prüfungen gar nicht so wichtig. Man musste die Dinge nur aus der richtigen Perspektive sehen, das war der Trick.

Ich sah Val, als wir in den Prüfungssaal gingen. Sie wirkte nervös, aber konzentriert. Ich nahm ihre Hände und drückte sie. »Viel Glück«, sagte ich. »Du hast es verdient.«

»Du auch, Coll«, antwortete sie. »Viel Glück.«

Und es ging gut. Ich verlor nicht den Kopf, als ich die Fragen durchlas; ich machte mir Anmerkungen, wie lange ich für jede Frage brauchen durfte und behielt die Zeit im Auge. Ich las hinterher meine Antworten durch, prüfte Rechtschreibung und Grammatik. Ist sowieso nur zur Probe, dachte ich. Nicht wie bei Art, der es mit der Abschlussprüfung zu tun hat.

Wir hatten zehn Tage lang Prüfungen, dazwischen Zeit zum Lernen. Verging mehr als ein Tag, ohne dass ich Val sah, rief ich sie an. Schließlich lagen die Prüfungen hinter uns, wir fühlten uns befreit, obwohl das Schuljahr noch nicht zu Ende war.

Bis zu Arts letztem Examen waren es noch zwei Tage. Ich hätte ihn gern angerufen, aber ich hielt mich an unser Abkommen. Am ersten Abend ging ich mit den anderen zu *Dog and Duck*. Val war sternhagelvoll – total besoffen. Greg stand noch immer im Examen, trotzdem tauchte er gegen halb elf im Pub auf und fuhr sie nach Hause. Es tat gut, die beiden wieder zusammen zu sehen.

Am nächsten Abend zog ich mir ein paar Videos rein und futterte Schokolade. Ich konnte nicht schlafen. Morgen Nachmittag würde Art fertig sein. Er würde frei sein.

Am folgenden Morgen machte ich einen langen Lauf. Hinterher gönnte ich mir ein ausgiebiges Obst-Frühstück, aß langsam und genoss jeden Bissen. Danach schloss ich mich im Bad ein.

Ich duschte, schäumte mein Haar ein, zupfte mir die Augenbrauen. Immer wieder sah ich an meinem Körper hinab, bewunderte ihn und freute mich daran, als wäre er eine Weile gar nicht vorhanden gewesen. Ich feilte meine eingerissenen Fingernägel. Langsam wurde ich nervös. Es war über vier Wochen her, seit ich Art gesehen, seit ich überhaupt mit ihm gesprochen hatte.

Mit Eyeliner und Maskara schminkte ich mir die Augen, dann zog ich mein neues Top an, das Art so gefiel, und Shorts. Meine Beine fingen gerade an, braun zu werden.

Gegen Mittag sollte Arts letzte Prüfung zu Ende sein. Wenn ich zu ihm nach Hause ginge, würde ich ihn vielleicht antreffen …

Auf mein Klopfen reagierte niemand. Ich trödelte eine Weile vor dem Gartentor herum und bedauerte schon, dass ich einfach so aufgekreuzt war. Ich hätte zu Hause warten und anrufen sollen.

Zu Hause warten? Dass ich nicht lache.

Ich ging den Weg hinunter. Vielleicht, dachte ich, sollte ich einfach langsam in Richtung seiner Schule spazieren. Dann hörte ich Geschrei und Gejohle, ähnlich wie von herannahenden Fußball-Hooligans. Ich setzte mich auf die Mauer und wartete. Ein halbes Dutzend Jungen kamen drängelnd, lachend und lärmend um die Ecke gestürmt. Nicht Fußball war es, das sie so ausrasten ließ, es war das Ende der Prüfungen. Das endgültige Ende der Schulzeit. Selbst aus dieser Entfernung erkannte ich Art. Er hatte einen tollen Gang. Genau mit dem richtigen männlichen Kick. Und er hatte genau die richtigen Maße. Er war nicht zu dick und nicht zu dünn, nicht zu groß und nicht zu klein.

Ich hatte einen Kloß im Hals, so dick, dass ich mich fast schämte. Ich rutschte von der Mauer, blieb stehen, sah, wie er näher und näher kam, wie er auf halber Strecke stoppte. »Coll?«, schrie er.

Ich fuchtelte mit den Händen. Er kam näher, er rannte fast, nicht ganz, hinter ihm pfiffen seine Freunde. Dann blieb er vor mir stehen.

»Hi, Coll«, sagte er.

»Hi«, krächzte ich. »Wie ist es gelaufen?«

Er verzog das Gesicht, wir stürzten aufeinander zu, wir prallten zusammen. Wie wenn Superman im Sturzflug Lois Lane schnappt. So ein Zusammenprall war das. Und dabei hielten wir uns nur im Arm, wir küssten uns nicht einmal.

Seine Freunde überholten uns. »Verdammt, Johnson«, sagte einer. »Ich denke, wir wollen zum Pub.«

»Los, du Mistkerl«, sagte ein anderer. »Schick sie weg.«

Art hatte sein Gesicht in mein Haar gewühlt. Ich spürte seine Wärme überall.

»Mach schon, um Himmels willen. Sie kann ja mitkommen.«

Art sah kurz auf. »Hört zu … ich treffe euch nachher dort«, murmelte er. »Okay? Wir kommen später.«

Lautes Gejohle und ein Hagel zotiger Sprüche folgten, aber wir hörten nicht hin, wir waren schon halb die Einfahrt zu Arts Haus hinauf.

Mein Hals war wie zugeschnürt, als wir die Tür hinter uns schlossen. Auch Art sprach nicht. Seine Augen wirkten feucht, aber ich sah ohnehin alles nur verschwommen.

»Willst du … willst du was essen?«, fragte er. Ich schüttelte den Kopf und umarmte Art, wir fingen an uns zu küssen und gingen langsam, immer weiter küssend, die Treppe hinauf.

»Wolltest du mich nicht gleich anrufen? Nachdem du fertig warst?«, fragte ich, als wir in seinem Zimmer waren.

»Doch. Vom Pub aus. Die Jungs haben mich sozusagen mitgeschleift. Und ich war ...«

»Was?«

»Ich weiß nicht. Ich hatte das Gefühl, als ob sich mein Hirn aufgelöst hat. Ich wollte was trinken. Die letzte Prüfung hat mich ganz fertig gemacht. Schön siehst du aus.«

Wir zogen uns gegenseitig aus, ließen alles geschehen, und als dieses Riesenwahnsinnsgefühl kam, schrie ich auf, ich konnte nicht anders.

Ineinander verschlungen lagen wir auf dem Bett. Nach einer Weile sagte Art: »Gott sei Dank ist alles vorbei.«

»Was meinst du, wie du abgeschnitten hast?«

»Ganz gut vielleicht. Nur die letzte war ein Reinfall. Coll?«

»Was?«

»Ich hab nachgedacht. Ich meine ... du warst so durcheinander wegen Val und ich glaube, ich war ein ziemlicher Idiot. Wolltest du deshalb eine ...«

»... eine Unterbrechung? Oh, nein, Art. Ich habe mich nur ... ich war innerlich wie zerrissen, und das wollte ich dir in deinem Prüfungsstress nicht aufdrücken. Außerdem musste ich mich ja auch selber zum Lernen aufraffen ...«

»Es ist nur ... ich glaube, ich war ein bisschen gefühllos.«

»Gefühllos? Du? Nie ...« Dann unterbrach ich mich, weil mir der Kloß schon wieder in den Hals gestiegen war. Ich drückte Art so fest, dass er grunzend protestierte.

»Ich denke, Val geht es einigermaßen«, sagte ich. »Es wird schon wieder gut werden. Ich meine ... so was gehört nicht zu den Dingen, die man irgendwann vergisst, aber ...«

Er spielte mit meinem Haar, rollte es über seiner Hand auf. »Ich weiß nicht, was ich tun würde, wenn dir so was passierte.«

Eng beieinander blieben wir liegen. »Danke für deinen Brief«, sagte er nach einer Weile. »Und für den Befehl, nicht noch mal einen zu schreiben. Du gemeine Kuh.«

»Art … ich hätte mich nicht mehr konzentrieren können. Ich meine … sieh uns doch an. Hätte das mit Prüfungsvorbereitungen zusammengepasst?

»Ja. Ich bin total konzentriert«, sagte er. »Ich bin ganz bei der Sache.«

»Aber nicht mit dem Verstand.«

»Scheiß auf meinen Verstand. Diese vier Wochen waren fürchterlich. Ich musste mein ganzes Sperma zurückhalten.«

»Du musstest …? Sei bloß still du.«

»Keine Berührung – nur ein dürrer Brief. Ich hätte dir danach beinahe ein Fax geschickt. Über den Apparat von deinem Vater. Um dich mal 'n bisschen anzutörnen.«

»Hättest du doch!«

»Dann hab ich an seinen Computer gedacht. Was er dazu sagen würde, wenn ich dir schmutzige E-Mails schickte. Hat er E-Mail?«

»Nein.«

»Schade. Wir hätten es über das Internet miteinander treiben können.«

Ich lachte. »Ja, klar. Cybersex. Hätten wir tun können. Das Dumme ist nur, dass du total unliterarisch bist. Ich bezweifle, dass du mich auch nur die Spur hättest antörnen können … Dagegen hätte ich *dich* …«

»Gut, gut, du Literaturgenie. Aber mich hättest du ebenso wenig auf achtzig gebracht. Worte auf dem Bildschirm! Ich bitte dich.«

Er hatte angefangen, mich langsam von den Schultern bis zu den Beinen zu streicheln. »Weißt du, wie man Leute nennt, die Cybersex machen?«

»Nein. Sag's mir.«

»Jämmerliche Schweinehunde.«

Später zogen wir uns an. »Komm, wir gehen zum Pub«, sagte ich. »Du hast deinen Freunden gesagt, dass du kommst.«

Er kräuselte die Nase. »Willst du wirklich?«

»Na ja ... es ist *die* große Fete, oder? Zum Schulschluss. Du darfst sie nicht sausen lassen. Zum letzten Mal seid ihr kleine Schuljungen. Macht es euch was aus, wenn ich dabei bin?«

Er lächelte. »Es macht mir was aus, wenn du *nicht* dabei bist«, sagte er.

28

Der Pub war gerammelt voll, die Stimmung erhitzt und ausgelassen. Der Wirt hatte sich ein angespanntes, gezwungenes Lächeln ins Gesicht gepflanzt – er war froh über das Geld, das die Privatschüler in sein Lokal brachten, doch insgeheim hasste er die ganze Gesellschaft. Als Arts Freunde uns entdeckten, ließen sie ihre üblichen Kommentare los von wegen, was wir in der Zwischenzeit wohl getrieben hätten, und Mark stand auf und holte uns etwas zu trinken. Sein Dasein als Schüler schien er schon weit von sich geworfen zu haben. Er zerrte seine Schulkrawatte herunter und hängte sie mir um den Hals. »NIE WIEDER werde ich die brauchen«, verkündete er und atmete Bierdunst in mein Gesicht. »Kannst du haben! Sally will sie nicht!«

»Einer der Gründe, warum ich so froh bin, dass alles vorbei ist«, knurrte Art, »ist der, dass ich diesen Haufen nicht mehr jeden Tag sehen muss.«

Ich störte mich nicht an den groben Sprüchen, der Krawatte oder sonst was. Ich fühlte mich auf einmal ungeheuer frei – phantastisch. Ich war wieder mit Art zusammen. Ich setzte mich so dicht neben ihn wie möglich und ließ mich ganz von diesem Gefühl von Glückseligkeit durchdringen.

Von allen Seiten bekam ich zu trinken, sodass ich schnell die

Übersicht verlor. Auch Art leerte ein Glas nach dem anderen.

»Werden wir ganz schön bereuen«, sagte ich.

»Auch egal. Es ist endgültig Schluss mit Schule. Ich kann's kaum glauben.«

Ich ließ meine Bedenken fallen. Plötzlich sorgte ich mich um überhaupt nichts mehr. Für eine Weile wollte ich all diesen komplizierten, extremen Gefühlen entkommen. Ich legte den Arm um Arts Hals und trank noch ein Glas.

Später, als ich mir mühsam den Weg zurück von der Toilette bahnte, stieß ich mit Arts bestem Exfreund Joe zusammen.

Ich musste zweimal hinsehen, aber er war es tatsächlich. Schwankend trat er zur Seite und nuschelte: »Hallo, Coll!«

»Hi«, sagte ich. »Ich dachte nicht, dass du in Arts Schule gehst.«

»Geh ich auch nicht. Er hat nach dem ersten Schulabschluss die Schule gewechselt. Aber unsere Prüfungen sind auch zu Ende. Wir sind mit einer ganzen Meute hier.«

»Hassen die ihn auch alle?«

»Was?«

»Er hat gesagt, dass du ihn immer noch hasst. Weil er es nicht geschafft hat, deine Freundin abzuwimmeln. Wenn du meine Meinung hören willst, du bist ein unversöhnlicher Ochse.«

Joe lachte, er roch Streit. »Ich will deine Meinung gar nicht hören.«

»Weißt du, Joe, damals auf dieser Party hatte ich den Eindruck, du bist ein ganz vernünftiger Kerl. Nicht einer, der für ewige Zeiten im Schmollwinkel sitzt, weil sich ein anderer mal dämlich verhalten hat.«

»Und du bist anscheinend wie alle anderen Mädchen, die wegen diesem Scheißkerl nicht mehr richtig ticken. Du würdest dich auf seine Seite stellen, egal, was er tut.«

»O nein. Ich habe ihm nur eine zweite Chance gegeben. Und jetzt läuft es zwischen uns. Ich sag dir, es klappt.«

»Ach ja?«, sagte er spöttisch und nickte mit dem Kopf in Arts Richtung.

Sally hockte auf seinem Schoß.

»Scheiße!«, platzte es aus mir heraus. Ich stürmte hinüber.

»Runter, Sal«, sagte Art.

»Och Art, wo wir gerade so schön schmusen!«, beschwerte sich Sally. »Du bist doch nicht eifersüchtig, Colette? Knutsch ruhig ein bisschen mit Mark. Macht mir nichts aus!«

»Aber *mir*«, fauchte ich. »Eher lass ich mir sämtliche Zähne ziehen!«

Der ganze Tisch wackelte vor Gelächter und Sally stand auf, ziemlich eingeschnappt.

»Da drüben ist Joe«, sagte ich. »Ich wollte ihn gerade davon überzeugen, dass du kein ganz und gar abgewrackter Typ bist. Da drehe ich mich um und du sitzt hier mit...«

»Coll, ich bin belästigt worden. Sag ihr, Sal, dass du mich belästigt hast.«

»Verpiss dich«, sagte ich, dann machte ich auf dem Absatz kehrt und ging unsicher zu Joe zurück. Er kam mir entgegen, packte mich an den Schultern und drückte seine Lippen auf meinen Mund.

Er hatte nicht mit der instinktiven Reaktion einer in Selbstverteidigung trainierten Frau gerechnet. Ich rammte ihm das Knie in den Unterleib. Nicht so fest, dass er zu Boden ging, aber fest genug, dass er zurückwich. Blitzschnell.

»Um Gottes willen! Bist du noch bei Trost?« Arts Stimme hinter mir klang halb entsetzt, halb beeindruckt. »Coll – du hast ihn zum Krüppel geschlagen. Sieh dir das an – er kann sich nicht rühren. Sie ist gefährlich. Sie ist tödlich. Ich hätte dich warnen sollen.«

»Joe wollte was Blödes vorführen«, sagte ich. »Er wollte dir zeigen, wie das ist, wenn dein Freund sich an deine Freundin ranmacht.«

»Ich glaube, ich muss mich übergeben …«, stöhnte Joe.

»Der Unterschied ist nur«, tobte ich weiter, »dass ich nichts von dir will. Genau das übersiehst du nämlich – es war deine dämliche Freundin, die angefangen hat. Und Art ist ein Weiberheld. Nie hätte er es geschafft, sie abzuwimmeln. Du kannst einfach nicht Nein sagen, Art, nicht wahr? Nicht mal mit Gestalten wie Sally kannst du Schluss zu machen.«

Stille. O Mann, dachte ich verschwommen. Was habe ich getan? Was habe ich gesagt? Dann hörte ich Joe lachen. Erst dachte ich, er würge, aber dann merkte ich, dass es Lachen war. Kurz darauf tauchte der Wirt neben mir auf und sagte: »Belästigen die jungen Männer Sie, Miss?« Und Art sagte: »Nein. Sie belästigt uns.« Dann fing auch er zu lachen an. Plötzlich gaben meine Beine den Gesetzen der Schwerkraft nach, knickten ein und ich saß auf dem Boden. »Oh, es tut mir schrecklich Leid«, rief ich. »Sie haben gerade ihre Prüfungen hinter sich.«

»Vielleicht habt ihr jetzt genug gefeiert«, sagte der Wirt und zog mich auf die Füße. »Ihr solltet besser nach Hause gehen.«

Im Zickzack taumelten wir zu dritt aus dem Pub. »Ich wollte kein Beispiel vorführen, Coll«, sagte Joe leidend. »Ich mag dich.«

»Das ist das Dumme«, stöhnte Art. »Wir mögen dieselben Leute.«

»Das ist keine Entschuldigung«, sagte ich. »Wohin gehen wir?« Irgendwie war ich in die Mitte gedrängt worden und die beiden stützen sich schwer auf mich, während wir mit schwankendem Gang die Straße entlangzogen.

»Ich bin kein Weiberheld, Coll«, beschwerte sich Art. »Keine Spur.«

»Klar, Kumpel«, sagte Joe. »Klar bist du einer. Ein Weiberheld.«

»Aber es war *ihre* Schuld.«

»Da hast du's schon wieder!«, sagte ich. »Immer anderen Leuten die Schuld geben!«

»Hau ihm eine runter, Coll«, sagte Joe. »Los, hau ihm eine runter.«

Wir hielten mehr oder weniger Kurs auf Arts Haus, stolperten zur Tür hinein und ins Wohnzimmer. »Ich finde, du bist große Klasse, Coll«, sagte Joe. »Ich weiß, du denkst, ich sage das nur, weil ich einen im Kahn habe, aber ich find dich toll, ehrlich.« Dann streckte er sich auf dem Teppich aus und fing an zu schnarchen.

»Bring mir ein Glas Wasser, Art«, jammerte ich.

»Natürlich, Coll. Alles. Alles, was du willst«, sagte er und sank mit dem Gesicht voran auf ein Sofa.

Ich ging in die Küche, ließ Wasser in einen Becher laufen und trank. Dann schlurfte ich wieder ins Wohnzimmer und ließ mich auf das andere Sofa fallen.

»Na toll! Die Prüfungen sind wohl zu Ende?«

Orientierungslos blinzelte ich durch das Zimmer. Es war fast dunkel. In einem einschüchternden, eleganten Anzug stand Ian in der Tür.

»Hallo, Mr Johnson«, flüsterte ich. »Entschuldigen Sie.«

»Sieht so aus, Colette, als liegen hier *zwei* junge Männer herum.«

»Einer davon ist Joe.«

Ian verschwand. Kurz darauf war er mit drei Gläsern voll sprudelndem, milchig aussehendem Zeug zurück. »Meine spezielle Katermischung«, erklärte er, kam auf mich zu und stieß im Vorübergehen Joe leicht an. »Das hilft immer. Trink aus!«

»Oh, vielen Dank. Danke, das ist nett.« Dankbar schluckte ich das Zeug. Ich vertraute auf Ians Erfahrung.

»Joe – Art – auf, auf! Trinkt das hier!« Mit trübem Blick richtete sich Joe auf und Ian drückte ihm ein Glas in die Hand.

Das dritte Glas nahm ich Ian ab und setzte mich damit auf das Sofa neben Art. Lächelnd ging Ian aus dem Zimmer.

»Warum haben wir das getan?«, krächzte ich. »Warum haben wir unseren Körpern so was zugemutet? Ich fühle mich miserabel. Art, wach auf.«

»Ist wahrscheinlich tot«, brummte Joe undeutlich.

Ich strich Art das Haar aus der Stirn. »Komm«, sagte ich. »Trink das.«

»Hör schon auf, ihn anzuhimmeln. In einem solchen Zustand kannst du ihn unmöglich gern haben.«

»Doch, hat sie«, brachte Art heiser hervor. »Du magst mich, Coll, stimmt's?«

»Nein. Du bist abscheulich. Trink das.«

Zu dritt saßen wir in der Dämmerung auf dem Boden, tranken Wasser und versicherten uns gegenseitig, wie elend wir uns fühlten.

»Das ist der richtige Zeitpunkt zur Versöhnung, Joe«, sagte ich mit monotoner Stimme. »Zeit, dass du deinem verkommenen Freund den gemeinen Verrat verzeihst.«

»Halt die Klappe, Coll«, brummte Art.

»Nach einer angemessenen Buße, natürlich«, sprach ich unbeirrt weiter. »Nachdem er auf den Knien bis ...«

»Halt die Klappe, Coll!«

»Du hast Recht«, verkündete Joe. »Es ist an der Zeit. Also, du Weiberheld, ich vergebe dir offiziell. Aber wenn du so was noch mal versuchst, ein einziges Mal nur ...«

»Dann bin ich auch noch da«, beruhigte ich ihn. »Ich werde dir helfen, ihn auseinander zu nehmen. Stück für Stück. Dann fressen wir ihn auf.«

Art grinste spöttisch. »Ich mag eifersüchtige Frauen«, sagte er. »Die sind so leidenschaftlich, die sind ...«

»Verschone uns, Art«, sagte ich.

»Ich verzeihe dir vielleicht, Johnson«, sagte Joe ächzend, »aber trotzdem kann ich dich nicht ausstehen. Auf dich fliegen sämtliche Mädchen. Und ich lerne nie eine kennen. Ich will für den Sommer ein Mädchen haben. Ich will mich so richtig ver-lie-hieben. Coll, gib ihm den Laufpass. Geh mit mir.«

»Okay«, sagte ich.

»Ich werd dich auch verwöhnen. Ich schenk dir Blumen. Ich lass mir deinen Namen ins Gesicht tätowieren. Ich trinke Champagner aus deinem Bauchnabel...«

»Soll das schmecken?«, fragte Art interessiert.

»Siehst du? Er ist ein Schwein. Kein Funken Originalität. Keinen Sinn für Romantik.«

»Hör mal, Joe«, sagte ich, »ich hab eine Superidee.«

»O Gott«, murmelte Art.

»Ich werde dich mit Rachel bekannt machen. Ich glaube, das wär was.«

»Wer ist Rachel?«, fragte Joe.

»Eine von Colls Freundinnen«, sagte Art. »Nett. Klein. Still. Glänzende Augen.«

»Du beschreibst sie wie eine Feldmaus. Sie ist schüchtern, gut, aber wenn man sie erst mal richtig kennt, ist sie prima. Und sie kann Art nicht leiden.«

»Doch!«

»Nein, kann sie nicht. Sie findet dich gefühllos. Hat sie zu Val gesagt.«

»Dann hat sie Geschmack«, sagte Joe versonnen. »Könnte mein Typ sein.«

»Ich werde das organisieren«, kündigte ich an. »Ich lade euch alle zum Essen ein. Als Feier zum Schuljahresende. Mum hat sicher nichts dagegen. Und Val und Greg sollen auch dabei sein.«

»O nein«, stöhnte Art. »Bitte nicht.«

»Das letzte Mal, als Val Art sah«, erklärte ich, »hat sie ihm eine gescheuert.«

150

»Klingt immer besser«, sagte Joe. »Wann soll die Feier steigen?«

Kurz darauf humpelte er nach Hause. Art und ich blieben im Halbdunkel sitzen. Allmählich fühlten wir uns wieder wie Menschen.

»Alles vorbei, Coll«, sagte Art. »Ich bin ein Erwachsener.«

»Klar.«

»Ich muss nur auf die Ergebnisse warten und dann ...«

»... ab aufs College.«

Wir schwiegen, er streckte den Arm aus und nahm meine Hand. Ich sah zu Boden. Über die Zukunft hatte ich noch nicht viel nachgedacht. Aber es stimmte, Art würde weggehen und ich würde bleiben.

Das halte ich nicht aus, dachte ich. Wir haben zusammen keine Zukunft, das kann ich nicht ertragen. Die kleine Pflanze, die in uns gewachsen war, diese Leidenschaft, diese Liebe – sie wird sterben. Wir werden sie nicht aufgeben oder wegwerfen wie Fran diese Pflanze, die Art später gerettet hat. Aber sterben wird sie trotzdem. Sie wird kein Wasser bekommen, keine Nahrung. Kein Licht.

Sie wird sterben.

29

Die Idee mit der Essenseinladung setzte sich langsam in meinem Kopf fest. Für mich hatte sie symbolischen Charakter. Jetzt, wo der ganze Stress vorbei war, wollte ich nicht an Schwung nachlassen, sondern neuen Schwung erzeugen. Diese Party sollte angeknackste Freundschaften kitten, alte Freundschaften festigen, neue Freundschaften begründen – sie sollte einmalig werden.

Mum meckerte natürlich. »Eine DINNER-PARTY? Um Himmels willen! Wie überspannt!«

»Nur einen Auflauf, einen Eintopf oder so was. Mal was anderes als Pizza. Ich dachte, du wärst einverstanden.«

»Ich bin nicht nur einverstanden, ich werde mich sogar unsichtbar machen. Total unsichtbar, bis alles vorbei und die Küche wieder aufgeräumt ist.«

»Du meinst, du hilfst mir nicht beim Kochen ...?«

»Ganz genau. Eigentlich könntest du dann gleich für Dad, Sarah und mich eine Portion mitmachen. Als Dank, dass wir euch den ganzen Abend lang die Küche bevölkern lassen ...«

Fran dagegen strahlte vor Begeisterung über meinen Plan.

»An welche Speisenfolge hast du gedacht?«, fragte sie.

»Speisenfolge? Äh – nur ein großer Eintopf, dachte ich.«

»Sehr praktisch, meine Liebe. Ein sommerlicher Eintopf. Dazu ein einfacher roter Landwein. Ich werde Art ein paar Flaschen mitgeben.«

»Oh, Fran, das ist riesig!«

»Und soll ich ... soll ich vielleicht einen Pudding für euch machen? Ich mache sehr gern Pudding.«

Ich sah in ihr schüchternes, erwartungsvolles Gesicht und sagte: »Das wäre super, Fran. Total super.«

Wir würden zu acht sein. Val und Greg, Art und ich, Caro und Dave, Joe und Rachel. Caro und Dave gingen nicht so ganz fest miteinander, deshalb würden meine Verkupplungsabsichten nicht so auffallen. Ich sagte Art, wir müssten dafür sorgen, dass Rachel und Joe nebeneinander zu sitzen kämen, denn Rachel sei nicht der Typ, der andere überbrülle.

»Im Gegensatz zu dir, meinst du«, sagte Art.

»Haha. Du stehst auf selbstbewusste Frauen, das weißt du genau.«

»Die liebe ich besonders. Und auch solche, die gern manipulieren.«

»Ich manipuliere nicht. Ich ... schaffe nur eine Gelegenheit.«

Am Abend der Party erschien Art mit gequältem Blick, einem Rucksack voll Flaschen und einer Riesenschüssel voll einer cremigen Masse mit Schokoladeraspeln obendrauf.

»Ich musste zu Fuß gehen«, beschwerte er sich. »Mit diesem dämlichen Zeug. Für eine öde Dinner-Party. Du bist genauso schlimm wie Fran.«

»Quatsch. Es ist keine Dinner-Party. Wir werden einfach Spaß haben, miteinander essen und uns unterhalten ...«

»Na gut, ich werd's durchstehen, aber morgen musst du mit mir rausfahren und irgendwo im Wald musst du mich vögeln.«

»Abgemacht«, sagte ich und hoffte, Mum war nicht in Hörweite.

Art lud alles auf dem Küchentisch ab. »Weißt du, ich mag Fran wirklich gern«, sagte ich, während ich die Sachen inspizierte. »Sie ist so hilfsbereit.«

Art holte tief Luft. »Ich glaube, sie werden sich trennen, Coll«, sagte er dann.

»Was?«

»Fran und Dad. Sie redet davon, dass sie ausziehen will. Ich weiß nicht.«

»Oje, das ist ja schlimm.«

»Er ist ... Ich glaube, er hat sich längst mit einer anderen eingelassen. Er ist kaum zu Hause. Da kann sie nicht einfach rumsitzen und abwarten.«

Ich dachte an meine häuslichen, unerschütterlichen Eltern. »Und was ist mit dir?«, fragte ich.

Er zog die Schultern hoch. »Was soll mit mir sein? Wenn ich auf dem College bin, bin ich sowieso aus dem ganzen Schlamassel raus.«

Wieder spürte ich die Kälte lauern. Wir waren wie Kinder, die spielen, bevor der Ernst des Lebens anfängt.

Ich schüttelte die trüben Gedanken ab und deckte den Tisch zu Ende. Der Duft meines sommerlichen Gemüseeintopfs zog verlockend durch die Küche. Art öffnete eine Weinflasche und schenkte zwei Gläser ein. Bevor er mir eines reichen konnte, schlang ich die Arme um ihn und drückte ihn an mich. »Ich bin besessen von dir«, sagte ich unverblümt.

»Besessen. Cooles Wort, Coll.«

»Na gut, dann bin ich dir eben leidenschaftlich verfallen. Meine Leidenschaft für dich raubt mir den Verstand.«

»Beweise es.«

Ich küsste ihn lange und fordernd. Dann sagte ich: »Du bist an der Reihe.« Er wollte mich wieder küssen, aber ich wich zurück. »Nein. Du bist an der Reihe zu ... zu *reden*.«

»Worte sind keinen Dreck wert«, sagte er. »Alle lügen doch nur, wo sie können.«

»Ich nicht«, antwortete ich. »Ich lüge nicht.«

Er lächelte, nahm einen Schluck Wein und rollte ihn im Mund hin und her.

»Es *kann* gut gehen«, sagte ich. »Auch wenn es zwischen deinem Vater und Fran nicht gut gegangen ist ...«

»Coll, sei nicht so ernst.«

»Ich will aber ernst sein«, sagte ich und plötzlich hatte ich Angst, ich spürte, wie mein Herz klopfte. »Wenn ich daran denke, dass du zum College gehen wirst – das ist ernst.«

»Ich will nicht daran denken«, erwiderte er. »Das ist noch weit weg.«

»Ja, aber manchmal muss man an die Zukunft denken, man muss den Dingen in die Augen sehen ...«

»Ach, komm, Coll. Vorher haben wir erst noch Ferien. Du fährst doch mit mir weg?«

Ich lächelte versöhnlich. »Ja. Klar. Es ist nur ...«

»Spar dir's auf, Coll. Die anderen werden jeden Augenblick hier sein.«

Und wie aufs Stichwort klingelte es an der Haustür.

»Das wird Val sein«, sagte ich. »Ich habe sie gebeten, etwas eher zu kommen.«

»Hoffentlich läuft's besser als an ihrem Geburtstag«, sagte Art.

Erschrocken sah ich ihn an. »Mein Gott. Und wenn nicht? Was habe ich da eingefädelt?«

»Zu spät, Kind«, sagte er schadenfroh. »Zu spät.«

30

Anfangs gaben sich Val und Greg sehr steif und höflich. Sie überreichten Art eine Flasche Wein und ließen sich von ihm einschenken. Greg schwirrte wie ein besorgter Ehemann um Val herum. Dann erschienen Rachel, Caro und Dave und brachten Bier mit. Die Unterhaltung plätscherte so dahin, aber sehr zäh. Langsam fragte ich mich, wann Art mal den Mund aufmachen würde. Er war weiterhin der Außenseiter. Voll Verzweiflung drehte ich den Kassettenrekorder lauter, aber das half nicht viel.

Nach zehn langen Minuten klingelte es wieder und Joe stürmte herein und erklärte mit einer verworrenen Geschichte, warum er zu spät kam. Er schien sich aufrichtig zu freuen, als ich ihm alle, besonders Rachel, vorstellte. Er zog Art ins Gespräch und fing an ihn mit so treffenden Sticheleien zu necken, dass alle lachten, selbst Art. Val taute sichtlich auf. Greg beteiligte sich an der Unterhaltung. Seine Anspielungen gingen etwa in die gleiche Richtung wie die von Joe. Sie feuerten sich gegenseitig an, und was sie von sich gaben, war zum Schreien komisch.

»Essen ist fertig«, rief ich vom Herd. Alle drängten sich um den Tisch, und als wären sie instruiert worden, setzten sich Rachel und Joe nebeneinander. Bei Joe war das ja auch wirklich so, aber dass auch Rachel interessiert schien, freute mich wirklich. Greg setzte sich neben Val und legte den Arm um sie und sie küsste ihn. Dave machte noch eine Flasche Wein auf; Caro reichte die Bratkartoffeln herum. Wird schon, dachte ich, während ich meinen Eintopf austeilte. Wird bestimmt gut laufen.

Während wir aßen und mit vollen Mündern quatschten, ging die Küchentür einen Spalt auf und wurde kichernd wieder zugeklappt. »Sarah«, stöhnte ich. »Sie hat eine von ihren grässlichen kleinen Freundinnen zum Übernachten hier.« Als die Tür zum zweiten Mal auf- und zugemacht wurde, rief ich: »Sarah, verschwinde!« Das Kichern wurde lauter. Beim dritten Mal sprang Art auf. Er ging in die Hocke, streckte den Arm zur Tür hinaus und erwischte Sarah am Arm.

»He, Sarah«, sagte er butterweich. »Weißt du, das macht uns total nervös. Lass uns mal 'n bisschen in Ruhe, ja?«

Sarah, voll masochistischer Bewunderung, sah ihn mit großen Augen an. Dann trollte sie sich.

»Sarah ist verliebt in Art«, erklärte ich.

»Meine Güte, noch ein weibliches Wesen ohne Geschmack«, sagte Joe. Val lachte kreischend.

Ich füllte die Teller nach, bis niemand mehr etwas essen konnte. »Ich glaube«, sagte ich mit einem Blick auf Frans Pudding, »bevor wir uns *darüber* hermachen, müssen wir noch eine Weile warten.«

»Ich finde, wir sollten jetzt Boogie tanzen«, rief Caro und sprang auf.

Allgemeines Stöhnen am Tisch. Caro ist als begeisterte Tänzerin bekannt. Sie ist wirklich gut, bei Gelegenheit sogar einsame Spitze. Sie stellte die Musik lauter und fing an herumzuhüpfen. Klar, das war eine solche Gelegenheit.

»Na gut«, sagte Joe und tanzte mit. Er war so schlecht wie sie gut war. Aber das war unwichtig. Bald waren wir alle auf den Beinen, tanzten, machten ab und zu Pause und holten uns etwas zu trinken. Joe hatte inzwischen Rachel geschnappt und versuchte sich mit einer Art Rock'n'Roll.

»Los, Art«, sagte ich, »ich zeig dir jetzt, wie man swingt.«

»Keine Chance«, sagte er, drückte mich an die Wand und wollte eine Umarmung erzwingen. Lachend schob ich ihn zurück. »Ich will doch nur die passende Atmosphäre herstellen. Für Joe und Rachel«, erklärte er.

Ich sah über seine Schulter und da – total unwirklich – traf mich von der Spüle her Mums durchdringender Blick. Gleichmütig griff sie nach dem Wasserkessel und füllte ihn. »Ich will nur Kaffee kochen«, rief sie. »Lasst euch nicht stören.«

Und wir hielten uns daran.

Erst gegen zwei Uhr ging die Party zu Ende. Es hätte nicht besser laufen können. Trotz Rave und Swing hatte Val sich mit Art unterhalten und sich mehr oder weniger entschuldigt. Greg hatte mich zu einem langsamen Tanz geholt und dabei in wehmütigen Erinnerungen geschwelgt. Caro war total übergeschnappt, Dave zum Glück beschwipst. Und Joe und Rachel saßen endlich eng umschlungen in der Ecke und tauschten ihre Telefonnummern aus.

In den ersten Morgenstunden hatten wir dann Frans Pudding gegessen und Kaffee getrunken und schließlich waren alle aufgebrochen und hatten Art und mir das ganze Chaos überlassen. Es machte uns nichts aus. Wieder allein zu sein hatte auch sein Gutes.

»Ich finde, dass es ganz gut ...«, fing ich an.

»Haha. Reine Selbstgefälligkeit.«

»Stimmt doch! Hast du nicht gesehen, wie Joe und Rachel ...«

»Klar. Wie er die Zunge so tief in ihr Ohr steckte, dass sie fast auf der anderen Seite wieder rauskam.«

»Art, bitte!«

»Komm lass uns mit der Küche anfangen, ich bin ganz schön geschlaucht.«

Während ich die Teller einsammelte und Art scheppernd leere Dosen in den Mülleimer warf, diskutierten wir immer noch über die Party. Plötzlich stand Mum in ihrem Furcht erregenden grünen Chenille-Morgenmantel in der Tür.

»Wie kommst du nach Hause, junger Mann?«, fragte sie streng.

»Ah«, sagte Art. »Ich … äh … ich bin zu Fuß gekommen. Ich werde ein Taxi bestellen …«

»Es ist fast MORGEN. Zu dieser Stunde wirst du kein Taxi bekommen – jedenfalls keines, für das du nicht eine Riesensumme hinlegen musst. Du kannst hier übernachten. IN MEINEM BÜRO.« Und damit machte sie auf dem Absatz kehrt.

Als wir mit der Küche fertig waren, gingen wir hinauf und machten die Schlafcouch neben Mums Schreibtisch zurecht. Dann setzten wir uns darauf und ich bohrte mein Gesicht in sein Hemd. »Ich mag deinen Geruch so gern«, sagte ich träumerisch.

»Wie jemand riecht, finde ich wichtig. Ich habe immer den Geruch von unserem Hund geliebt – er ist letztes Jahr gestorben.«

»Toll. Dann stehe ich also auf der gleichen Stufe mit deinem toten Hund. Wer riecht besser?«

»Sei nicht albern. Es ist so … ich habe einfach gern neben ihm gelegen, habe den Kopf in seinem Fell vergraben und seinen Geruch eingeatmet.«

»Heiß, Coll. Du bist wirklich eine heiße …«

»Ach, halt die Klappe. Hast du nie ein Tier geliebt? Hast du mal eins gehabt?«

»Schildkröten. Ich habe sie nicht geliebt und schon gar nicht habe ich an ihnen gerochen.«

»Du bist wirklich beschränkt, weißt du das?«

»Und du bist zum Schreien pervers«, sagte er, packte mich und rollte mich nach hinten auf die Couch. »Mach schon, Coll«, murmelte er, »komm mit mir ins Bett.«

Ich sah ihn an, dann sah ich mich im Zimmer um, in dem so vieles auf Mum deutete, dass sie beinahe körperlich anwesend zu sein schien. »Nein«, sagten wir gleichzeitig und brachen in Lachen aus.

31

In den nächsten Tagen hatte Art noch viel mit dem Schulabschluss zu tun. Auch für mich war das Schuljahr offiziell noch nicht zu Ende, ab und zu musste ich mich im Klassenzimmer blicken lassen. So verging die ganze Woche, bevor wir uns wieder treffen konnten.

Es war ein wunderbarer Nachmittag, als ich mit dem Fahrrad zu Art fuhr. Ein Nachmittag, an dem man spürte, dass der Sommer wirklich angefangen hatte. Beglückt dachte ich an die herrliche, freie Zeit vor uns und – weniger beglückt – daran, wie ich Mum davon überzeugen könnte, dass eine Ferientour mit Art eine gute Idee sei. Oder wie ich das Thema wenigstens einmal zur Sprache bringen könnte.

Mit erwartungsvollem Lächeln rauschte ich die Straße hinunter, in der Art wohnte, bog in die Einfahrt ein und sah im Vorgarten drei große Schilder: »Zum Verkauf«.

Sie wirkten in meinen Augen bedrohlich wie Galgen. Ich warf mein Rad hin, hastete den Weg zur Haustür hinauf und klopfte.

Art machte auf. »Was ist los?«, rief ich. »Was sollen die Schilder bedeuten?«

Er zog die Schultern hoch. »Ich hab dir doch gesagt, dass sie sich trennen.«

»Aber ... aber ... sie verkaufen das Haus!« Ich drängte mich an ihm vorbei in die Diele. Sie war ein einziger Schauplatz der Verwüstung. Bilder waren von den Wänden genommen und lagen in unordentlichen Stapeln auf dem Boden; alle Teppiche waren zusammengerollt. Ich ging durch den Flur in die Küche. Alles war abmontiert. Kisten mit Kochutensilien standen herum. Und in der Ecke, halb zusammengefegt, lag ein Haufen zerbrochenes Geschirr.

»Mein Gott«, flüsterte ich. »Was ist passiert?«

»Fran zieht aus«, sagte Art dumpf. »Das sind ihre Sachen.«

»Aber die Teller da ...«

»Sie ist durchgeknallt gestern Abend. Hat alles zerdeppert. Sie hatten das Haus schon zum Verkauf ausgeschrieben.«

»O Art! Warum hast du mich nicht angerufen?«

»Was hätte ich sagen sollen?«

»Aber du verlierst dein *Zuhause*!«

»Es ist nicht mein Zuhause.«

»Was wirst du jetzt tun? Wie soll es weitergehen?«

»Dad nimmt sich eine Wohnung in London in der Nähe von seinem Büro. Ich werde auch da wohnen, wenn es sein muss.«

Ich war wie vor den Kopf gestoßen. Dieses Haus würde für uns nicht mehr existieren, dieser Ort, an dem wir so viel Zeit miteinander verbracht hatten. Wenn Art jetzt vom College zurückkam, in den Ferien, würde er nirgendwo wohnen können. Jedenfalls nicht in meiner Nähe.

»Es ... es ist so plötzlich«, sagte ich verzweifelt. »Wann ziehst du aus?«

»Den Sommer über fahre ich weg, und zwar so lange wie möglich«, sagte er. »Und dann, wenn ich zurück bin ... gehe ich aufs College.«

Ich spürte, wie mir die Tränen kamen. Er redete, als hätte ich nichts damit zu tun, als käme ich in dem Plan überhaupt nicht vor.

»He, Coll, was ist denn los?«, sagte er und legte den Arm um mich. »Du kommst doch mit, oder?«

»Mitkommen? Wohin? Für wie lange?«, heulte ich.

»Ich weiß nicht. Ich muss einfach weg hier, Coll.« Dann fing er an mich zu küssen, wühlte das Gesicht in mein Haar und hob mich halb vom Boden hoch. Er fühlte sich an wie erstarrt, irgendwie kalt und hungrig. »Komm«, sagte er leise. »Wir gehen rauf in mein Zimmer.«

Das Letzte, wozu ich jetzt Lust hatte, war Sex. Ich war noch viel zu geschockt von den Schildern, auf denen das Haus zum Verkauf angeboten wurde, und von den traurigen Spuren des Auszugs. Aber ich brachte es nicht übers Herz, Art abzuweisen. Wir gingen hinauf, zogen uns schweigend aus und krochen ins Bett. Er klammerte sich so fest an mich, fast verzweifelt, als wolle er nur noch eines – sich selbst verlieren.

Hinterher sagte er: »Beweg dich nicht, Coll. Lass uns eine Weile so liegen bleiben. Ganz eng zusammen.«

Ich hielt ihn fest und ermutigte ihn, über Fran und seinen Vater zu reden, über ihre Trennung. Aber das wollte er nicht. Stattdessen fing er an, mir seine Pläne für den Sommer zu erklären. »Dad kennt jemanden, der ein Haus in Griechenland hat«, sagte er. »Von da aus könnten wir eine Menge unternehmen. Er will mir Geld geben, Coll.« Er lachte spöttisch. »Bestechungsgeld.«

»Ich kann nicht den ganzen Sommer über wegfahren, Art. Ich meine ... ich weiß nicht einmal, ob ich überhaupt mit dir wegfahren darf ...«

»Himmel noch mal«, explodierte er. »Irgendwann wirst du dich mal losreißen müssen.«

In den nächsten Tagen ging alles sehr schnell. Fran zog endgültig aus; Ian fuhr nach London, wo er mit seiner neuen

Freundin zusammenwohnte, und Art campierte in dem halb leeren Haus. Ich fuhr jeden Tag hin und wir taten so, als sei es ganz toll, das ganze Haus für uns zu haben, aber trotzdem lebten wir in Angst. Ständig gingen Makler ein und aus, ohne jede Vorankündigung, um potenzielle Käufer durchs Haus zu führen.

Hörten wir, dass Leute kamen, schlossen wir uns in Arts Zimmer ein und verhielten uns mucksmäuschenstill, wenn auf die Türklinke gedrückt wurde. Gewöhnlich war es so, dass der Makler dann fluchte und schließlich erklärte: »Na ja, zum Glück handelt es sich hier nur um eins der kleinen Zimmer.« Das Spielchen sollte witzig sein, aber mit der Zeit wurde es langweilig.

Einmal war ich dort, als Ian anrief. Während Art ins Telefon sagte, es gehe ihm gut, schien er ganz lässig und beherrscht, aber hinterher zog er sich total in sich zurück und riss mir fast den Kopf ab, als ich ihn fragte, was Ian gesagt habe.

Trotz des schönen Wetters gingen wir wenig raus. Wir brauchten die Konserven auf, die noch in den Schränken standen, und oft holten wir uns was vom Schnellimbiss. Ein paar Mal versuchte ich ihn zu überreden, zu uns zum Essen zu kommen, aber er wollte nicht. Zweimal stritten wir, weil ich Mum noch immer nicht wegen der Reise nach Griechenland gefragt hatte.

Oft hatten wir Sex. Es war jetzt etwas Verkrampftes daran, das mich deprimierte, es war, als ob Art nicht glücklich dabei war, nicht befriedigt.

Ich hätte gern alles getan, damit es ihm besser ginge, und doch konnte ich anscheinend nichts tun. Aber ich wusste, dass er mich gern bei sich hatte, ich wusste, dass ich alles war, was er jetzt noch hatte, und das reichte mir.

Na ja, fast. Ich hätte mir gewünscht, dass er offener gewesen wäre, dass er von seinem Gefühl für mich gesprochen hätte. Aber er war so verschlossen wie immer. Verschlossener noch seit diesen letzten Vorfällen. Ich konnte nichts dagegen tun.

Am Mittwoch verließ ich Art schon früh und ging mit Val in die Stadt zum Einkaufen. Eine Weile ohne Jungen, das fanden wir auch mal schön. Sie sagte, sie fände es zum Kotzen, dass Greg sie ständig wie eine Porzellanpuppe behandelte und dass sie kaum mal unbeschwert und ausgelassen miteinander sein konnten. Ich hatte den Eindruck, ihre Beziehung würde nicht mehr sehr lange halten. Val sagte, dass sie noch immer unter schrecklichen Panikgefühlen leide wegen der Abtreibung, wegen dieser schweren Entscheidung; aber wenn sie ruhig darüber nachdenke, sagte sie, würde sie es sicher noch einmal genauso machen. Es reichte mir, ihr zuzuhören, sollte sie sich ruhig alles von der Seele reden – die Geschichte mit Art behielt ich lieber für mich. Wahrscheinlich ahnte ich schon ihre düstere Meinung.

Gegen fünf war ich zu Hause. Ahnungslos ging ich in die Küche und blieb wie angewurzelt stehen: Am Küchentisch saßen Fran und Mum und tranken Tee. Mein erster, schreckerfüllter Gedanke war, Fran könnte ausgeplaudert haben, dass Art und ich miteinander in dem leeren Haus herumhingen. Nervös sah ich Mum an, konnte aber in ihrer Miene nichts lesen.

»Da bist du ja, Colette«, sagte Mum. »Komm, setz dich zu uns.«

Argwöhnisch trat ich zum Tisch. Wie lange mochte Fran schon hier sitzen? Sie schienen sehr vertraut miteinander, die beiden. Es war merkwürdig.

Dann ließ Mum die Bombe platzen. »Fran hat mir von euerem Plan erzählt, nach Griechenland in dieses kleine Haus zu fahren«, erklärte sie ruhig. »Sie war überrascht, dass ich nichts davon wusste.«

»Oh«, sagte ich und wieder fuhr mir der Schreck in die Glieder. »Also, ich … es ist noch nicht sicher … ich meine … wir haben darüber geredet, aber …«

»Es ist Art, der so wild entschlossen ist«, warf Fran diplomatisch ein. »Colette, Liebe, ich habe nur … alles erklärt … ich habe … Justine … alles erzählt. Ich meine … über Ian und mich und unsere Trennung. Art ist ziemlich verstört deshalb … du weißt es ja. Ich war gerade dort und er redet nicht mit mir … er … und Ian ist nie da, um …« Sie brach ab und presste die Lippen aufeinander und Mum beugte sich zu ihr und drückte ihr den Arm.

»Ich weiß, dass Art unbedingt weg will«, sprach Fran weiter. »Und es würde ihm sehr gut tun. Ich bin eigentlich nur hergekommen, um deiner Mum zu versichern, dass …«

»Es hört sich gut an«, unterbrach Mum erstaunlicherweise. »Fran hat mir alles erzählt. Ein hübsches Dorf direkt am Meer, genügend Menschen in der Nähe, die ab und zu mal ein Auge auf euch haben können. Und keine Miete. Was für eine Gelegenheit!«

Das war nicht meine Mutter. Das konnte nicht sein.

»Sie sind diesen Sommer nicht dazu gekommen, es zu vermieten«, sagte Fran. »Es ist nur klein, ganz einfach. Ian und ich waren … im vorletzten Jahr dort, nur für eine Woche. Und in den Häusern ringsum wohnen Bekannte von uns – deine Mum kann dich erreichen, Colette …«

»Dann ist alles nur eine Frage der Organisation«, sagte Mum energisch.

Ich konnte sie nur noch anglotzen. Sie packte sozusagen schon meinen Koffer.

»Die Einzelheiten können wir später besprechen«, sagte Fran. »Art wird sich darum kümmern. Er weiß, wie man hinkommt … er war schon dort.« Dann warf sie einen Blick auf ihre Uhr, stieß einen kleinen Schrei aus und erhob sich.

Ich begleitete sie zur Tür, da legte sie mir den Arm um die

Schultern und drückte mich fest an sich. »Ich bin so froh, Colette, dass er *dich* hat«, sagte sie. »Ich ... ich mache mir Sorgen um ihn. Er schien so deprimiert, als ...«

»Ja«, murmelte ich verlegen. »Ich glaube ... na ja, so direkt nach der Abschlussprüfung und alles. Ich denke, er ist ein bisschen durcheinander.«

»Wenn sich nur Ian ein bisschen mehr ...« Sie unterbrach sich, umarmte mich noch einmal, rief: »Wiedersehen«, und lief hastig über den Gartenweg davon.

Das war wahrscheinlich das letzte Mal, dass ich sie gesehen habe, dachte ich. Und genauso wird sie auch aus Arts Leben verschwinden. Unvorstellbar, wie jemand nach mehr als vier Jahren einfach so weggehen kann; unvorstellbar, dass es die einzige Möglichkeit für die beiden war.

Ich ging zurück in die Küche zu Mum.

32

»Ich verstehe wirklich nicht, warum du so überrascht bist«, sagte Mum leicht gereizt. »Ich meine, ich bin ja nicht völlig vertrottelt. Ich kannte doch längst die SEHR LIBERALE Ansicht in Arts Familie, wenn es darum geht, was er in seinem Zimmer treibt. Und da du jeden Tag, den der liebe Gott gemacht hat, stundenlang dort warst, habe ich begriffen, dass dir diese Ansicht wohl auch ganz recht war.«

»Aber bist du denn nicht ... bist du nicht ...«

»Bin ich nicht was? Traurig, dass du Sex schon in so jungen Jahren entdeckt hast? Doch, ein bisschen schon. Aber es ist eben so gekommen. Und es war diesmal *deine* Entscheidung. Zwecklos also, dass ich versuche, irgendwelche Verbote über dich zu verhängen, oder?«

»Ja, aber …«

»Ich bin realistisch, Colette. Und du bist allem Anschein nach reif genug. Ich hoffe nur, und das hoffe ich jeden Tag, dass er dich nicht kränkt.«

»Aber dieser Ferienplan …«

»Hört sich wunderbar an. Was für eine Gelegenheit! Als ich siebzehn war, bin ich immer noch mit meinen Eltern nach Scarborough gefahren.«

Ich starrte sie sprachlos an und sie erwiderte meinen Blick. »Was ist?«, sagte sie. »Du WILLST doch fahren, oder?«

Wir planten knappe vier Wochen für den Griechenlandaufenthalt. Ich konnte es immer noch nicht fassen und war total begeistert. Ich fand es unglaublich, dass Mum mir von sich aus so viel Freiheit ließ. Wenn ich ganz ehrlich war, musste ich zugeben, dass es mir beinahe ein bisschen Angst machte. Es war, als hätte sie gesagt: Also gut, okay, du bist jetzt erwachsen. So ähnlich, wie es Ian zu Art gesagt hatte.

Als feststand, dass wir zusammen nach Griechenland fahren würden, flippte Art fast aus. Er benutzte das leere Haus als Tummelplatz, breitete sich in allen Zimmer aus. Seine Freunde erfuhren davon und kamen bald zu den unmöglichsten Zeiten hereingeschneit. Joe kam ein paar Mal mit Rachel und wir hörten laut Musik. Eines Nachts veranstaltete Art eine wilde Party, die bis in die Morgenstunden dauerte; als am nächsten Tag ein Makler kam, lagen in den unteren Räumen noch überall die Leute herum. Manchmal ging uns der ständige Betrieb auf die Nerven, dann fuhren Art und ich mit den Rädern raus. Das liebte ich – mit Art in der freien Natur, das hatte ich in letzter Zeit vermisst.

Die grimmige Reinemachefrau, die schon seit Jahren ins Haus gekommen war, erschien noch immer einmal pro Woche zum »Ausmisten«, wie sie sagte, und sie und Art fluchten aufeinander, weil jeder dem anderen die Schuld am Zustand des Hauses gab. Immer wieder ermahnte sie ihn, dass sie beide seinem Vater gegenüber die Verantwortung hatten, das Haus in Ordnung zu halten, aber sie ließ doch auch durchblicken, dass sie eher auf Arts als auf Ians Seite stand. Dann murmelte sie etwas über Leute, die sich keinen Pfifferling darum scherten, was ihre Kinder trieben, und schärfte Art ein, regelmäßig zu essen.

Art kümmerte sich um die Vorbereitungen für die Reise nach Griechenland. Mein Flugticket sollte das Geschenk von Mum und Dad zu meinem siebzehnten Geburtstag sein. Ich war ziemlich bestürzt, als sich herausstellte, dass die einzigen Flüge, die wir bekommen konnten, am Tag vor meinem Geburtstag abgingen – ich hatte gedacht, dass ich an diesem Tag noch zu Hause sein würde. Als ich Mum diese neueste Entwicklung meldete, drückte sie mich in ihrer weit ausholenden Bärenumarmung an sich und erklärte, wir würden eben zwei Tage früher feiern.

»Du warst ohnehin zwei Tage zu spät dran, als du auf die Welt kamst«, sagte sie tröstend. »Also ist es gar nicht so verkehrt.« Ich könne ein paar Freunde einladen, wenn ich Lust habe, oder auch nur Art, aber ich wollte nicht und so saßen am Ende nur Mum, Dad, Sarah und ich vor Limonadegläsern und einer üppigen, matschigen Sahnetorte mit frischen Erdbeeren.

An diesem Abend hatte ich ein flaues Gefühl im Magen, als ich zu Bett ging und mein Reisegepäck um mich herum sah. Ich dachte darüber nach, wie rasend schnell in meinem siebzehnten Jahr alles in Bewegung geraten waren. Sonst hatte ich mir immer mal Zeit genommen und mir Gedanken darüber gemacht, was in der Welt so vor sich ging. Doch jetzt fühlte ich mich wie von einem reißenden Strom gepackt, in dem man kaum mehr Zeit zum Nachdenken findet.

33

Art und ich flogen also nach Griechenland. Und wenn ich zurückblicke und an das wunderschöne kleine weiße Steinhaus denke, dann könnte ich jetzt noch heulen. Wir waren kaum angekommen und hatten die Tür aufgeschlossen, da war es *unser* Haus. Unseres. Es war so nett und so einfach – ein Zimmer, ein Bad, eine winzige Küche und ein kleiner Hinterhof voller Pflanzen.

Wir ließen unsere Rucksäcke fallen, liefen schnurstracks zum Strand und unter der großen blauen Himmelsschüssel schwammen und schwammen wir an den Felsen entlang. Es war später Nachmittag, doch die Sonne wärmte noch so, dass sie das Salz auf der Haut trocknete. Art zeigte mir, wie man die Frischwasserdusche bei dem kleinen Café am Strand benutzte, dann kauften wir uns ein paar Flaschen eiskaltes Bier, setzten uns nebeneinander, tranken und sahen zu, wie die Sonne sich über den Horizont senkte.

Wir gingen zu unserem Häuschen zurück, wir liebten uns auf den weißen Baumwolllaken und schliefen ein, als draußen in den Bäumen die Zikaden ihr eigenartiges Zirpkonzert begannen. Als wir aufwachten, war es später Abend, wir duschten, zogen uns an, wanderten durch die kleinen fremden Straßen, einen Bärenhunger im Bauch, und suchten nach einem Lokal, in dem wir etwas essen konnten.

Was wir auch sahen, alles um uns erfüllte mich mit Begeisterung. Ich liebte die warme Nachtluft, die streunenden Katzen, die weißen Dächer... Art nahm mich an der Hand und zog mich weiter, lachte mich aus, weil ich überall stehen bleiben und mich umsehen wollte. Er fand den Dorfplatz, und der war bevölkert von geselligen, fröhlichen Menschen. Vor einer gut besuchten Taverne entdeckten wir einen freien Tisch und setzten uns. Ich sah Art an, während er die Speisekarte studierte und dachte, schöner kann es nicht sein auf der Welt, mehr könnte ich bestimmt nicht ertragen.

Der nächste Tag war mein Geburtstag. Ich wachte auf, weil Art in der Küche herumklapperte; schließlich erschien er in der Tür mit einem Tablett voller Croissants und zwei Bechern Kaffee. Bevor ich mich von meiner freudigen Überraschung erholt hatte, war er schon wieder verschwunden und kam mit einem dicken Strauß exotischer, leuchtend bunter Blumen zurück.

»Alles Gute zum Geburtstag«, sagte er. »Ich bin irre früh aufgestanden, um die Sachen hier aufzutreiben. Sei bloß dankbar!«

Ich lachte und versicherte ihm, dass ich dankbar sei. Das einzige passende Gefäß, das ich für die Blumen finden konnte, war ein großer, abgeplatzter roter Emaillekrug, der sich hervorragend mit den Farben der Blumen biss. Ich stellte ihn mitten auf den Tisch im Hof, wo er in seiner Farbenpracht alles beherrschte.

»Ich will dir auch ein Geschenk kaufen«, sagte Art. »Aber das musst du dir besser selbst aussuchen.«

Die Tage vergingen, jeder neue Tag ein Stück aus einer Schatztruhe, die man plündern durfte. Die meiste Zeit war ich wie betäubt vor Freude und Glück über den Augenblick, für den wir ausschließlich lebten. Wir schwammen miteinander, wir lagen in der Sonne und wurden braun; wir fuhren mit klapprigen Küstenbussen durch die Gegend, wir kauften auf den kleinen Märkten ein und kochten und jede Nacht schliefen wir nebeneinander in dem weißen Bett, als wäre das unser Recht. Wie versprochen kaufte Art mir als Geburtstagsgeschenk ein schönes Silberkettchen. Eines Tages machte ich ihm am Strand ein Armband aus einem vom Wasser ausgewaschenen Stück Schnur und einem kleinen Stein mit einem Loch darin. Art band es um und nahm es nie mehr ab.

In der zweiten Woche dehnten wir unsere Ausflüge weiter aus, manchmal so weit, dass wir eine Nacht am Strand schliefen. Ein paar Mal zogen wir mit gepackten Rucksäcken los, wanderten meilenweit, streiften ziellos umher, lernten komische Leute kennen, verwickelten uns in lange Gespräche, wussten nicht, was wir essen oder wo wir übernachten würden, verirrten uns und fanden den Weg wieder. Es war aufregend und unheimlich und ich war immer erleichtert, wenn wir wieder sicher zu dem kleinen Steinhaus zurückkehrten, aber ich war auch froh, dass wir gegangen waren, und froh, dass wir dieses Abenteuer miteinander erlebt hatten.

Manchmal stritten wir. Ich bekam es eines Tages mit der Angst, weil er zu lange beim Schnorcheln draußen vor den Felsen blieb, und ich dachte schon, er wäre ertrunken; ihn irritierte es, dass ich ein paar Mal in der Woche zu Frans Freunden ging, um nach Hause zu telefonieren. Er wurde schnell rastlos, warf mir vor, ein Spießerleben zu führen, und wollte am liebsten immer wieder losziehen. Aber es gab so viele gute Zeiten, dass diese kleinen Reibereien nicht viel zu bedeuten hatten. Nicht ein einziges Mal sprachen wir davon, was werden sollte, wenn wir wieder zu Hause wären. Das Hier und Jetzt war so schön, dass alles andere nicht zählte.

Dann wurde uns eines Tages klar, dass wir nur noch eine knappe Woche hatten, und plötzlich lag ein Schatten über den Ferien. Art sagte: »Meine Prüfungsergebnisse warten auf mich«, aber um nichts in der Welt wollte er anrufen und fragen, wie sie ausgefallen seien. An diesem Abend gingen wir in eine schäbige kleine Bar am Hafen und er trank, bis er sternhagelvoll war.

Am nächsten Morgen sagte ich: »Es wird schrecklich werden, Art, wenn du zum College gehst.«

Er zog die Schultern hoch. »*Wenn* ich gehe.«

»Du gehst. Ich weiß, dass du gehen wirst. Und dann werden wir uns kaum noch sehen.«

»Doch, Coll, wenn wir es wollen, werden wir uns sehen. Aber was hat es für einen Zweck, jetzt darüber zu reden. Was hat es für einen Zweck, alles zu planen.«

Er war weit davon entfernt, mir irgendein Versprechen zu geben, irgendeine Festlegung für die Zukunft. Aber ich spürte, dass ich genau das jetzt wollte – ich hatte es mir eingestanden, auch wenn es mir Angst machte. Ich hätte ihm alles versprochen.

Zwei Tage vor Ende unseres Urlaubs hatten wir Sex auf der Terrasse. Der warme Sommerwind strich über unsere Haut, über uns rauschten die Bananenblätter, und als ich auf dem Höhepunkt meiner Lust wie in einem Wirbel zu ertrinken drohte, hörte ich mich rufen: »Ich liebe dich, ich liebe dich.« Wie ein Singsang. Art küsste mich wieder und wieder, aber meine Worte blieben in der Luft hängen, ohne Antwort.

34

Die Heimfahrt war schlimm. All das Schöne zurückzulassen, all die Freiheit. Es wäre nicht so schlimm gewesen, wenn Art mit mir geredet hätte, wenn wir uns darüber hätten unterhalten können – wenn wir gemeinsam hätten traurig sein können. Aber ich kannte es ja, dass er sich verschloss und in sich zurückzog, wenn ihn etwas bedrückte.

Ich war überrascht, wie sehr ich mich über das Wiedersehen mit Mum und Dad – sogar mit Sarah – freute. Aber auf eine merkwürdige Art kam ich mir nicht mehr wie zu Hause vor. Ich fühlte mich so leer. Es schien mir verkehrt, dass ich hier war und nicht bei Art. Ich war es gewöhnt, dass ich ihn neben mir hatte, dass ich die Hand ausstrecken konnte, und er war da. Er fehlte mir so.

Zwei Stunden, nachdem ich zu Hause war, rief Art an und sagte, er habe die erforderlichen Zensuren bekommen. Ich gratulierte ihm und schlug vor, am Abend zu feiern, aber er sagte: »Dad ist da – ich muss viel mit ihm besprechen ... wegen dem College.« Als ich fragte, ob ich am nächsten Tag kommen könne, sagte er: »Coll, wir waren gerade *vier Wochen* zusammen! Warum die Eile? Wenn ich mit dem Kram hier fertig bin, ruf ich dich an, okay?«

Ich stieg hinauf in mein Dachzimmer, setzte mich und dachte, dass ich heute Abend allein würde schlafen gehen müssen, und mir war, als ob ich am Rand einer Grube stand und in den dunklen Abgrund schaute. Schließlich ging ich hinunter und telefonierte mit Rachel, und nachdem wir eine Weile über Belanglosigkeiten geredet hatten, bat ich sie um Joes Nummer. Ich rief Joe an und sagte, ich müsse ihn unbedingt sehen. Wahrscheinlich war es der Ton in meiner Stimme, jedenfalls war er sofort einverstanden. Wir verabredeten uns in einem Pub, in zwei Stunden.

Als ich hinkam, saß er schon in einer Ecke, Ellbogen auf den Tisch gestützt, das Gesicht in den Händen.

»Hi, Joe«, sagte ich, »danke, dass du ...« Ich musste abbrechen, weil ich spürte, wie mir die Tränen kamen.

»Was ist los?«, fragte Joe. »Komm, setz dich erst mal. Ich hol dir was zu trinken.«

Während er an der Theke war, musste ich mich schwer am Riemen reißen. Ich war nicht hierher gekommen, um mich bemitleiden zu lassen, sondern um eine Insiderauskunft zu bekommen. Kaum hatte sich Joe gesetzt, ich mich für den Drink bedankt und er mir gesagt, wie braun ich sei, holte ich tief Luft und fing an: »Glaubst du, es ist möglich, dass ... dass zwei Menschen eine wunderbare Zeit miteinander verbringen, ich meine, dass sie gemeinsam etwas ganz Besonderes erleben ... und dass das alles dem einen viel mehr bedeutet als dem anderen … glaubst du, so was ist möglich? Sag nichts. Klar ist das möglich. Was ich meine, ist … wenn dir jemand sagt, dass du für ihn etwas ganz Besonderes bist, und du weißt, er meint es ernst, aber … aber trotzdem bedeutet es ihm nicht viel? Ist keine so große Sache für ihn?«

Eine Pause entstand, dann sagte Joe: »Warum denkst du, es bedeutet ihm nicht viel?«

»Weil … weil er nie etwas sagt, weil er nie … O Scheiße. Es ist, als würden wir das Gleiche tun, mir bedeutet es so viel, und … und was es *ihm* bedeutet, weiß ich nicht. Wir haben gerade wunderbare Ferienwochen hinter uns und ich fühle mich … ich kann dir nicht sagen, wie ich mich fühle. Es ist so grässlich, wieder hier zu sein. Es ist grässlich. Das Einzige, was die Sache ein bisschen erträglicher machen würde, wäre, wenn ich mit ihm zusammen sein könnte. Aber er sagt, er hat zu tun und wir waren doch jetzt vier Wochen zusammen, warum müssen wir uns also schon wieder sehen.«

Joe zog die Schultern hoch. »Er hat eine Menge am Hals wegen dem College, ich meine …«

»Mir kommt es vor, als hat jeder von uns andere Ferien verbracht. Für mich war es eine phantastische, zauberhafte Reise, die *mir* viel bedeutet hat, und er … Ach Mist. Früher hatte ich nur Verachtung übrig für Mädchen, die ständig nach irgendwelchen Liebesbeweisen lechzen. Du weißt schon … jeden Tag ein Anruf und Geschenke und das dreimonatige Jubiläum feiern … ich fand das früher so heuchlerisch … es war, als wollten sie durch all den Schnickschnack ihre Beziehung überhaupt erst aufbauen. Und Leute, die mit Versprechungen um sich werfen – ›wir werden für immer zusammenbleiben‹ –, hielt ich schon immer für blöd. Aber jetzt … jetzt …«

»Jetzt könntest du eine Spur davon ganz gut vertragen?«

»Ja. Nein. O Gott, ich weiß nicht. Es ist … es ist nichts da, woran man sich halten könnte. Manchmal weiß ich genau, wie

173

viel ich ihm bedeute. Aber dann wieder ist es, als wolle er mich ausschließen ... und ... und als hätte ich kein Recht, mich darüber aufzuregen. Es ist, als ob er nicht will, dass sich etwas entwickelt ... als möchte er nichts wachsen lassen. Er ist wieder so distanziert zu mir, er redet vom College, als ob man jetzt eben einfach zur Tagesordnung übergeht, aber ich spüre, dass mich das zerreißen wird ...«

»Vielleicht ahnt er, dass es auch ihn zerreißen wird.«

»Dann kann er es aber verdammt gut verbergen. Er ist total kalt und ... vernünftig. Und ich vermisse ihn so, dass ich ... ach, ich weiß nicht. Ich weiß nicht, lügt er mich einfach an oder ... oder fühlt er es nicht – fühlt er überhaupt nichts.«

»Vielleicht baut er Barrieren auf, um sich zu schützen.«

»Aber warum? Warum kann er nicht darüber reden?«

»Na ja ... vielleicht hat er Gefühle, die er nicht einmal sich selbst eingestehen kann, geschweige denn dir.«

»Warum nicht? Warum kann er seine Gefühle nicht einfach zulassen, warum kann er nicht ...«

»Coll, das können die meisten Jungen nicht gut. Und Art ... na ja, Art ist noch schlimmer dran. Er ist geschädigt. Du weißt es ja.«

Als er dieses Wort aussprach, »geschädigt«, lief mir ein merkwürdiger Schauder über den Körper, so, als würde mir etwas halb Verstandenes endlich klar. »Geschädigt?«, flüsterte ich. »Wie meinst du das?«

Joe zog die Schultern hoch. »Überleg mal. Seine Mutter ist gestorben, als er ein Kind war, und sein Vater hat ihn links liegen lassen ... hat sich nicht groß um ihn gekümmert. Meinst du nicht, dass ihn das geprägt hat?«

»Ja, ich weiß, ich weiß, aber ...«

»Wenn Menschen dauernd ums Überleben kämpfen müssen, hinterlässt das immer Spuren. Ich meine ... so jemand muss alles Mögliche runterschlucken, um über die Runden zu kommen. Er ... er sieht die Menschen anders. Er ist ein Einzelgänger ... er ist nicht offen wie die meisten anderen.«

Schweigend starrte ich auf die Tischplatte. Joe ebenso. Dann sagte er: »Als er auf unsere Schule kam, fanden wir ihn alle total cool. Er war aus dem Internat geflogen, er trank, er nahm Drogen und er schlief mit Frauen! Aber in seinem Wesen war eine Seite, der man nie traute. Jeder wollte mit ihm befreundet sein, aber nicht viele kamen nah an ihn ran.« Er nahm einen tiefen Schluck Bier. »Als ich dich kennen gelernt habe – auf der dämlichen Party von diesen Snobs war das, oder? –, da hast du mir Leid getan. Du warst ihm zwar gewachsen, diesem bestaussehenden Typ im ganzen Raum, aber ich wusste, was für ein Scheißkerl er sein konnte.«

»Aber ihr wart doch eng befreundet«, sagte ich krächzend. »Ihr wart gute Freunde. Und ich dachte, ihr würdet wieder ...«

Er zog die Schultern hoch. »Ich wollte nicht noch mal alles mit ihm durchhecheln. Ich habe gesehen, wie er manchmal mit Leuten umsprang, und das gefiel mir nicht, aber ich hätte nie gedacht, dass er es mit mir mal genauso machen würde. Und dann, als es wirklich dazu kam ...«

Ich hatte wieder angefangen zu weinen. Ungeschickt legte Joe mir den Arm um die Schultern. »He. So schlimm ist es auch wieder nicht. Hör mal ... ich sage ja nicht, dass er dich jetzt sitzen lässt oder so. Du hast jedes andere Mädchen, mit dem er gegangen ist, um Monate übertrumpft ...«

»Na super«, heulte ich. »Was nützt das, wenn jetzt alles zu Ende geht ... und wenn es nur noch wehtut ... und ...«

»Weißt du, was ich glaube, Coll? Du machst ihm Angst. Deshalb zieht er sich jetzt zurück, deshalb bekennt er sich zu nichts. Er hat Angst, er könnte von dir abhängig werden.«

»Warum? *Ich* bin von *ihm* abhängig. Warum kann er mir nicht einfach vertrauen und ...«

»Die meisten Menschen haben Angst zu vertrauen. Besonders solche Menschen, die jemanden verloren haben – wie es Art ergangen ist. Und jetzt, wo Fran weg ist ...«

»Aber er hat sie nie gemocht«, schniefte ich. »Frankenstein hat er sie genannt.«

»Na gut, aber sie war da. Sie hat ihm ein Zuhause gegeben. Er hat es genutzt und ausgenutzt, aber es war da ... und jetzt verschwindet sogar das ...«

»Aber er hat *mich*! Oder – er hätte mich. Ich könnte ihm helfen, ich könnte ...«

»Wenn er dich ließe. Er hat Angst, von dir Hilfe anzunehmen. Schließlich hat er, bei seiner Vergangenheit, nicht gerade die Freuden der Monogamie erlebt. Für ihn ist der Einzige, auf den er zählen kann, er selbst. Er hat Angst, dich zu nahe an sich heranzulassen.« Wieder entstand eine Pause, dann sagte Joe: »Hast du es ihm gesagt?«

»Was?«

»Was du für ihn empfindest?«

»Ja. So ungefähr. Er weiß es. Er muss es wissen.«

»So wie du weißt, was er empfindet?«

»Nein, deutlicher. Ich habe immer wieder versucht, es ihm klarzumachen, aber dann bringt er mich zum Schweigen. Er will es gar nicht hören. Das sehe ich an seinem Gesicht.«

Joe seufzte. »O Coll. Dich hat's schlimm erwischt, hm?«

»Ja. Wie eine Krankheit.«

»Liebeskummer.«

»Möglich.«

»Ich weiß, dass er auch auf dich steht.«

»Wieso? Was hat er gesagt?«

»Ach, komm, gesagt hat er überhaupt nichts. Es ist einfach ... wie er mit dir umgeht, der Umstand, dass ihr immer noch zusammen seid. Ich meine ... schon das ist ungewöhnlich für ihn.«

Während Joe das sagte, wuchs ein Entschluss in mir. »Ich

176

kann so nicht weitermachen, ich kann meine Gefühle nicht verstecken«, sagte ich. »Ich kann den Gedanken nicht ertragen, dass er jetzt wegfährt und weiter nichts sagt als ›Bis demnächst also – ist ohnehin zwecklos, Pläne zu machen‹.«

»Du wirst es ihm deutlich machen müssen. Sag's ihm. Und wenn du ihm sagst, was du für ihn fühlst, kann es so oder so ausgehen. Entweder fängt er an, dir zu vertrauen, und öffnet sich ... oder ...«

»Oder ich verscheuche ihn endgültig«, sagte ich.

35

Wir redeten noch eine Weile hin und her. Ich fühlte mich ein ganzes Stück besser, weil ich mich mit jemandem unterhalten konnte, der Art kannte, und weil ich zu einer Entscheidung gekommen war. Joe bot mir an, mich nach Hause zu fahren. »Für einen Jungen weißt du ganz schön Bescheid«, sagte ich, während wir fuhren.

Er lachte. »Als Art mir Janey ausgespannt hatte, war ich so fix und fertig, dass meine Mutter mich zu einer ihrer Freundinnen schickte – es war eine, die damals gerade eine Ausbildung als Therapeutin machte. Sie hat an mir geübt.«

»Gott, wie peinlich.«

»Nein, das war gar nicht so verkehrt, nachdem es erst mal lief. Ich kannte sie nicht, es war sehr ... konzentriert ... wir redeten richtig gut miteinander. Sie kam ziemlich schnell zu dem Schluss, dass Art derjenige war, der Probleme hatte, nicht ich. Wir redeten viel über ihn. Ich meine ... sie fand, er hätte Hilfe gebraucht, ihre Art von Hilfe.«

»Und hast du ihm das gesagt?«

»Nein. Damals hätte ich ihm nicht mal geholfen, wenn er in

Flammen gestanden wäre und ich einen Feuerlöscher gehabt hätte. Ich hasste ihn.«

Ich lachte. »Dann hat die Therapie in diesem Punkt nicht viel gebracht.«

»Ich denke, ich habe ihn dadurch ein bisschen besser verstanden. Aber ich war immer noch so wütend auf ihn, dass ich ihn hätte umbringen können. Die Frau meinte, ich sollte harten Sport treiben, ich sollte mir vorstellen, der Ball wäre Art – solche Sachen eben. Hör mal, Coll ...«

»Was?«

»Du musst ihm sagen, was du für ihn fühlst. Du musst die Dinge auf die Reihe bringen. Er wird's nicht tun.«

Als ich am nächsten Tag aufwachte, fühlte ich mich mutig und entschlossen. Ich spürte, dass ich an einen Wendepunkt gekommen war. Ich würde ihm alles sagen – und wenn unsere Beziehung daran zerbräche. Punkt zehn rief ich Art an.

Er meldete sich verschlafen. Kaum hatte ich Hallo gesagt, hörte ich seine Stimme an meinem Ohr, fluchend, zischelnd, abscheulich. Ein obszöner Wutausbruch ohne Sinn und Verstand. Dann wurde der Hörer aufgelegt.

Automatisch drückten meine Finger auf Wahlwiederholung. Ich war innerlich wie erstarrt, bis auf mein Herz, das wild klopfte.

Es klingelte zweimal, dann war die Verbindung weg. Ich wählte noch einmal und bekam das Besetztzeichen.

Ich war nicht etwa wütend – ich hatte Angst. Was konnte passiert sein, dass er sich so benahm? Ich dachte an Drogen, Alkohol, gepantschtes Zeug, Überdosen. Vielleicht war sein Vater zurückgekommen, hatte sich mit Art geprügelt und ihm eine zu viel verpasst. Mir fielen alle möglichen Erklärungen ein, nur nicht die richtige.

Ich raste zu ihm nach Hause und hämmerte an die Tür. Er

öffnete und wieder sprudelte ein Schwall von Schimpfwörtern aus seinem Mund, so drastisch, so merkwürdig, dass ich nicht einmal daran dachte, mich beleidigt zu fühlen. Als er mir die Tür vor der Nase zuknallen wollte, schob ich die Schulter in den Türspalt und drängte mich in die Diele.

»Lass mich bloß nicht hier draußen stehen!«, rief ich. »Untersteh dich! Was ist los um Himmels willen?«

»Das solltest eher du *mir* erklären. Miststück.«

»Um Gottes willen, Art, was ist denn bloß?«

»Hast du deinen Spaß gehabt mit ihm? Ist er gut im Bett, ja?«

»Was zum Teufel redest du da?«

»Wie lange triffst du dich schon mit ihm?«

»Was zum Teufel…« Und plötzlich wurde mir klar, dass Art mich gestern Abend mit Joe zusammen gesehen haben musste. »Hör mal, Art, das kann ich dir genau erklären«, sagte ich, so ruhig ich konnte. »Ich habe Joe angerufen, weil ich…«

»Ich hab dich in seinem Auto gesehen. Ihr habt euch prächtig amüsiert.«

»Pass auf, wir waren miteinander in einem Pub und haben was getrunken. Das habe ich noch nie getan. Ich habe ihn gebeten, weil… weil ich mit ihm reden musste. Über *dich*.«

»Na klar.«

»Jawohl! Du warst auf einmal so… komisch und ich…«

»Na klar.«

»Art, hör mit dem Theater auf! Wir haben über *dich* geredet. Er ist der einzige Mensch, den ich kenne, der *dich* kennt.«

Voller Verachtung wandte sich Art ab und ging die Treppe zu seinem Zimmer hinauf. Ich lief hinterher und rief: »Du benimmst dich wie ein Idiot, Art! Gibt's etwa ein Gesetz, in dem steht, dass ich mich nicht mit einem deiner Freunde treffen darf?«

Ich folgte ihm über den oberen Flur und stürmte in sein Zimmer. »Na?«

»Geh aus meinem Zimmer.«

»Sei doch nicht so kindisch! Nicht zu glauben, was dir durch deinen dummen Schädel geht. Ich war irritiert – ich war durcheinander, weil du so total zugeknöpft bist, seit wir zurück sind, und ich wollte mit jemandem reden, der dich kennt, der versteht, was du …«

»Sicher, Coll, klar«, spottete er. »Hat wirklich so ausgesehen, als ob ihr euch *darüber* unterhalten habt. Genau so.«

»Mann, du bist so dumm«, rief ich. Ich hätte ihm eine runterhauen können. Er hatte sich so in seine Idee verrannt, es war verrückt. Ich blieb vor ihm stehen, ich wusste nicht, was ich tun, was ich sagen sollte. Ich kam mir klein und schwach vor – wie man sich fühlt, wenn man oben an einem großen Wasserfall steht und durch das hinabstürzende Wasser in die Tiefe schaut.

Dann sprang ich.

»Willst du wissen, worüber wir gesprochen haben?«, sagte ich. »Willst du's wissen? Ich habe ihm gesagt, dass ich mich in dich verliebt habe, hörst du? Ich habe ihm gesagt, wie stark mein Gefühl für dich ist und … wie sehr mir das Angst macht. Wie dringend wir darüber reden müssten, weil es das Größte ist, was ich je erlebt habe.«

Ich hielt inne, holte Luft. Ich war schockiert, dass ich endlich alles aussprach. Ich war erleichtert.

»Ich würde dich *nie* betrügen, nie«, sagte ich. »Danach würde es mich nie verlangen. Weißt du denn das nicht? Wir verbringen die herrlichsten Ferien miteinander und dann … dann kommst du nach Hause und wie auf Knopfdruck ist für dich alles vorbei – ich kann die Vorstellung nicht ertragen, dass du weggehst, ich kann es nicht ertragen. Alle meine Gedanken drehen sich nur um *dich* und dass ich bei *dir* sein will – als wäre ich allein NICHTS.«

Art starrte mich an. Ein langes Schweigen breitete sich aus.

Es dauerte zu lange. Er rührte sich nicht. »Du machst mir Angst, wenn du so redest«, brummte er endlich.

»Du hast Angst?«, flüsterte ich und meine Stimme kippte. »*Du* hast Angst? *Ich* habe Angst. Ich habe Angst, dass mir an dir sehr viel mehr liegt als dir an mir ... ich habe Angst, dich nie wieder zu sehen ... ich habe Angst, dass du für mich der Einzige bist ... ich habe Angst, dass ich nie drüber wegkommen werde, *nie* ... Ich werde nie aufhören, dich zu lieben, und keiner, den ich jemals kennen lernen werde, wird mir so viel bedeuten wie du ...«

Art hatte sich abgewandt. Er sah mich nicht an. Er rührte sich nicht. Ich rührte mich nicht. Mir war so schlecht, dass ich dachte, ich müsste mich jeden Moment übergeben. Ich wollte weinen, wimmern, heulen. Ich wollte sagen, bitte, Art, liebe mich, bitte liebe mich.

Und dann sah ich sie. Ohrringe. Auf dem Tischchen neben seinem Bett. Mattes Silber mit kleinen Häkchen, sehr elegant. Nicht meine. Ich trage keine Ohrringe.

Plötzlich war alles wie verlangsamt, wie in dem Moment, bevor der Lastwagen den Hund überfährt, bevor das Kind aus dem Fenster stürzt. Man kann nichts mehr tun – die Tragödie läuft ab.

»Wem gehören die?«, fragte ich heiser und deutete auf die Ohrringe.

Ohne auf eine Antwort zu warten, ging ich langsam aus dem Zimmer, dann ins Bad. Ich beugte mich über die Toilettenschüssel und kotzte und kotzte. Dann sank ich auf den Boden.

Art kam herein und setzte sich neben mich. Er legte mir die Hände auf die Schultern und versuchte mich hochzuheben. Dann stand er auf, holte mir ein Glas Wasser und setzte sich wieder neben mich.

»Coll«, sagte er, »es war nichts, Coll. Als ich dich mit Joe zusammen gesehen habe, bin ich ... ich bin durchgedreht. Ich konnt's nicht aushalten, wie mir zu Mute war. Ich bin losgezogen und hab mich betrunken, ich war außer mir. Dann bin ich ... ich bin zu diesem Mädchen gegangen, es war eine, mit der ich mal ... und ... sie ist mitgekommen und dann sind wir hier gelandet.«

Er schwieg und strich mir das Haar aus dem Gesicht. Ich ließ ihn. Ich fühlte mich so bleischwer, dass ich mich kaum bewegen konnte.

»Ich war nicht bei Verstand, hörst du. Mitten in der Nacht ist sie aufgestanden und weggegangen und ich hab mich schlafend gestellt, damit ich nicht mit ihr reden muss.«

»Spielt doch keine Rolle«, flüsterte ich. »Was macht das für einen Unterschied?«

Er legte die Arme um mich. Ich versuchte ihn wegzustoßen, dann ließ ich es aber doch zu, dass er mich an sich zog. Es war, als ob ein Verdurstender Wasser trinken will, auch wenn er weiß, dass das Wasser verseucht ist, vergiftet.

»Das muss aufhören«, sagte ich. »Wir müssen Schluss machen. Sofort. Ich halte das nicht mehr aus.«

Wieder entstand ein langes Schweigen. Ich war wie gelähmt, ich hatte das Gefühl, als würde ich uns aus der Ferne zuschauen. Ich wusste, diese Lähmung würde bald aufhören, der Schmerz würde einsetzen und dann würde ich meine ganze Kraft brauchen, um damit fertig zu werden. Ich musste jetzt reden, jetzt, wo ich noch alles deutlich sah. Und ich musste offen reden, jetzt, bevor das ganze Elend, der Schmerz und die Sehnsucht zurückkommen und alles undeutlich machen würden.

»Dass du mich mit Joe gesehen hast ... dass du dieses Mädchen geholt hast ... das ist nicht der Punkt«, sagte ich. »Es geht darum, dass du dich nicht mit mir einlassen willst, nicht so ... nicht so, wie ich es gern möchte. Du fühlst nicht, was ich fühle. Du wirst zum College gehen und Scharen von Mädchen werden dir nachlaufen ... und es wird wieder genauso kommen ...

und ... und ich werde das nicht noch mal durchmachen. Wenn ich mit dir zusammenbleibe, wirst du mich so verletzen, dass ich ...«

Er sagte nichts. Ich rückte von ihm weg und wischte mir über die Augen.

»Immerhin weißt du jetzt, was ich empfinde«, sprach ich weiter. »Ich habe es ernst gemeint. Ich habe es immer so gemeint, wie ich es gesagt habe. Ich habe mir immer einen Menschen gewünscht, der für mich das Gleiche fühlt wie ich für dich.« Ich schwieg und sah ihn an. »Vielleicht tust du's unbewusst. Vielleicht bist du ja deshalb ausgerastet, als du mich mit Joe im Auto gesehen hast. Du kannst es nur nicht zugeben.« Als ich das erkannte, spürte ich einen freudlosen, einen toten Triumph. »Du willst mich gar nicht an dich heranlassen. Das kannst du nicht.«

»Ich kann damit nicht umgehen, Coll«, sagte er mit leiser Stimme. »Es tut mir Leid. Ich werd einfach nicht ... ich werd nicht fertig damit.«

Meine Kehle war so zugeschnürt, als ob mich jemand würgte. Wir saßen miteinander im Bad auf dem Fußboden und es war wie der Tod, es war, als ob wir kein Glied mehr bewegen konnten.

»Ich bin nichts für dich«, sagte er schließlich. »Ich kann nicht so sein, wie du dir's wünschst. Du bist so offen, du bist so emotional – ich weiß nicht, wie du das machst. Ich weiß nicht, wie du das riskieren kannst. Ich bin unheimlich gern mit dir zusammen, das weißt du. Diese Ferien haben mir gut gefallen. Aber sie sind vorbei und jetzt muss sich jeder um seinen eigenen Kram kümmern ...« Er stockte und stieß einen langen, zittrigen Seufzer aus. »Gestern Abend war ich so am Ende, dass ich vor mir selber Angst hatte. Ich krieg's nicht auf die Reihe, Coll. Es tut mir Leid. *Du* machst mir Angst. Ich ... ich bin einfach nicht so weit.«

Eine Weile blieb ich noch sitzen und probte im Geist den Fortgang der Handlung: aufstehen, zur Tür raus, die Treppe hinunter. Ich wusste nicht, ob ich es schaffen würde.

Am Ende stand ich tatsächlich auf und ging tatsächlich auf die Tür zu.

»Es tut mir Leid, Coll«, sagte er noch einmal. Ich antwortete nicht. Irgendwie kam ich zur Treppe, schlurfte hinunter und zur Haustür hinaus. Dann schlug ich sie hinter mir zu.

36

Ein solches Erlebnis ist wie ein Tod, wie ein Mord. In den folgenden Tagen dachte ich, ich müsste wahnsinnig werden. Ich fürchtete mich vor dem Abgrund aus Elend und Unglück, der sich unter mir aufgetan hatte. In den ersten Tagen heulte ich in einem fort. Immer wieder hörte ich das Klappen der Tür, als ich sie zugeschlagen hatte, und die Stille, als er nicht hinter mir her gekommen war. Später wurde ich stumpf wie ein Kranker, der innerlich schwer verwundet ist und der seine ganze Kraft aufwenden muss, um mit dieser Wunde weiterzuleben. Es war für mich die schlimmste Zeit – das Ende des Sommers, der Beginn des neuen Schuljahres.

Ich klammerte mich an die Überzeugung, dass ich das Richtige getan, dass ich mutig gehandelt hatte. Viel war das nicht, aber es war etwas. Immer wenn ich drohte schwach zu werden, wenn ich nah dran war, wieder Kontakt mit ihm aufzunehmen, malte ich mir aus, wie es wäre, wenn noch immer eine Beziehung zwischen uns bestehen würde – denn ich glaube, irgendeine Art von Beziehung hätten wir trotzdem beibehalten können, wenn ich gekuscht und keine Forderungen an ihn gestellt hätte. Auf meiner Seite wären nur Hoffnung und Sehnsucht gewesen und nichts auf seiner Seite, worauf ich mich hätte verlassen können. Ich machte mir klar, dass ich von einem Besuch zum nächsten gelebt hätte, von einem Anruf zum nächsten, von einem Brief zum nächsten; dass er mich wieder gedemütigt hätte mit einem anderen Mädchen und dass ich dann vielleicht nicht mehr stark genug gewesen wäre, um darüber hinwegzukommen.

Ich stürzte mich in meine Arbeit. Es war mein Überlebenswille gewesen, der mich von Art weggetrieben hatte, jetzt wollte ich mehr tun, als nur zu überleben. Ich wusste, welche Abschlussnoten ich für das Studium brauchte, das ich gern machen wollte, und darauf konzentrierte ich mich mit Leib und Seele. Manchmal war ich fast stolz auf mich, weil ich mich so gut im Griff hatte, und auch das half ein bisschen.

War ich ganz schlimm dran, besuchte ich Val, und wenn ich mit ihr zusammen war, ging es mir gleich besser. Einmal, an einem Samstag, fand ich sie in ihrem Zimmer, wo sie mürrisch über ihrer Arbeit hockte. Sie war dabei, ein Buch, dick wie ein Türbalken, durchzuackern. *Keltische Mythen* stand auf dem Rücken.

»Ist es nicht dämlich, dass diese alten Geschichten nicht mit Sex umgehen können?«, brummte sie. »Mit Tod ja, Tod massenhaft. Aber nicht Sex.«

»Ich hab da eine Theorie«, sagte ich nachdenklich.

»Ach ja?«

»Sie hatten Liebestränke an Stelle von Sex.«

»Wie meinst du das?«

»Die alten Märchen. Du weißt schon, ›Sommernachtstraum‹ und solche Sachen. Man wurde verlockt, das Zeug zu trinken, und es bewirkte, dass man sich in jemanden verliebte. Das war in Wirklichkeit Sex.«

»Du bist verrückt, Coll. In diesen alten Geschichten wird nicht gebumst. Das wär mir doch aufgefallen.«

»Das ist ja der Punkt, es ist verschlüsselt. Offen konnte man über Sex nicht reden, also wurde es bildlich ausgedrückt, du weißt schon, in einer Metapher. Wenn über die Macht von Liebesträken die Rede ist, dann ist in Wahrheit die Macht von Sex gemeint. Liebesträke haben die Menschen ins Verderben geführt, haben sie süchtig gemacht nach ihren Geliebten, blind für deren Fehler – genau wie Sex. Man ist ihnen verfallen, selbst wenn sie abscheulich sind, selbst wenn sie Eselsohren haben, selbst wenn sie …« Ich unterbrach mich.

»Selbst wenn sie?«, sagte Val sanft.

Ich spürte einen Seufzer in meiner Brust. »… einem nicht gut tun«, sagte ich.

Ich gewöhnte mich daran. Ich gewöhnte mich daran, dass ich meistens unglücklich war, dass ich nichts an mich heranließ. Ab und zu ging ich mit meinen Freunden weg. Val und Greg waren noch zusammen. Mit Rachel und Joe hatte es nicht geklappt, auch sie hatten sich getrennt, nachdem er einen Monat weg war, an der Uni. Als der Oktober in November überging, lag über allen eine trübe Winterstimmung.

»Bereust du es?«, fragte Val eines Tages. »Ich meine, dass du überhaupt eine enge Beziehung gehabt hast? Wenn du könntest, würdest du dann machen, dass du ihn nie getroffen hättest?«

»Nein«, sagte ich und war überrascht, wie spontan ich antwortete.

Und wirklich, ich hätte es nicht ungeschehen machen wollen, das war das Komische. Ich war froh darüber, wie viel er mir bedeutet hatte, wie außergewöhnlich unser Zusammensein gewesen war. Und ich kam mir nicht benutzt vor, ausgetrickst, betrogen oder so. Die Beziehung war zu Ende gegangen, weil Art nicht damit klarkam. Das war alles.

Die Monate vergingen und der tiefe Schmerz der ersten Zeit verblasste, aber immer noch fehlte mir Art sehr. Es war wie ein körperlicher Schmerz, der immer da war; manchmal konnte ich ihn für ein, zwei Stunden über anderen Dingen vergessen, aber er war trotzdem immer da, er machte sich immer wieder bemerkbar. Ich verbot es mir, über unsere gemeinsame Zeit nachzugrübeln. Es war zu gefährlich. Die wenigen Fotos, die ich von ihm hatte, versteckte ich ganz hinten in meinem Schrank.

Doch immer trug ich das silberne Kettchen, das er mir geschenkt hatte. Ich nahm es nie ab.

Weihnachten kam näher. Ich wusste, dass er Ferien haben würde, und ich ertappte mich dabei, dass ich vor Neugier brannte zu erfahren, was aus ihm geworden war. Vielleicht hatte er eine neue Freundin und sie war jetzt ebenso etwas Einmaliges für ihn, wie ich es gewesen war. Besonders aber schmerzte die Vorstellung, er könnte die Zeit mit mir schon weit hinter sich gelassen haben. Ich stellte fest, dass es mich danach verlangte, mit ihm zu reden, ich wollte dieses herztötende Gespräch fortsetzen, das wir in seinem Badezimmer auf dem Boden geführt hatten, ich wollte wissen, ob ich ihm je so viel bedeutet hatte wie er mir.

Vielleicht, dass ich mich in den Ferien bei ihm melde, dachte ich, dann können wir uns treffen und uns in Ruhe unterhalten. Ich habe schließlich nichts mehr zu verlieren. Aber schon die Vorstellung schreckte mich.

37

Auf die Weihnachtsferien freute ich mich überhaupt nicht. Ich hatte Angst davor, dass ich mich nicht mehr an den nervtötenden Alltagstrott der Schule würde klammern können, ich hatte Angst, dass mich all die aufgesetzte Freude um mich herum erdrücken könnte. In irgendeiner Statistik hatte ich einmal gelesen, dass zu Weihnachten mehr Selbstmorde vorkommen als zu jeder anderen Zeit des Jahres.

Am letzten Tag vor den Ferien packten mich Caro und Val am Kragen und erklärten, in den Ferien solle mächtig gefeiert werden. Es sei schon eine Party- und Clubtour geplant. Ich ahnte, dass ich keine große Wahl haben würde, also versuchte ich ein interessiertes Gesicht zu machen.

Am ersten Ferientag schleifte Mum mich in die Stadt zum Einkaufen, sie sagte, sie wolle mir was zum Anziehen kaufen, um mich aufzuheitern. Der Gedanke war gut gemeint, die Ausführung furchtbar zermürbend. Ich wollte keine Klamotten; ich wollte mich nicht durch eine Herde von Weihnachtseinkäufern drängeln – ich hätte mich viel lieber zu Hause vergraben und gelesen. Aber, wie immer, Mum ließ kein Nein gelten.

Unterwegs benahmen wir uns so höflich zueinander, dass es schon unnatürlich war. Sie war schrecklich geduldig mit mir. Ich probierte Sachen an, die ich scheußlich fand, nur um ihr einen Gefallen zu tun, und ich zwang mich, begeistert die Weihnachtsdekorationen anzustaunen, obwohl sie mich in Wahrheit ankotzten.

Gerade verließen wir das siebte Bekleidungsgeschäft und überlegten, ob wir jetzt Mittagspause machen sollten oder erst in einer halben Stunde – jede wollte der anderen die Entscheidung überlassen –, da blieb ich wie angewurzelt stehen. Aus einem Schallplattenladen hatte ich Joe kommen sehen. Er war allein.

Bei seinem Anblick machte mein Herz buchstäblich einen Hüpfer. Er war mein Bindeglied, der einzige meiner Bekannten, der Art kannte. Ich bat Mum um fünf Minuten, dann lief ich hinüber und blieb unmittelbar vor ihm stehen. Am liebsten hätte ich ihn am Kragen gepackt und ihm ins Gesicht geschrien: Hat Art eine andere kennen gelernt? Ja?

»Coll!«, sagte er freudig überrascht. »Wie geht's dir?«

»Okay. Wie läuft es auf der Uni?«

»Geht so. Trotzdem gut, nach Hause zu kommen. Es gibt so vieles, an das man sich erst gewöhnen muss. Ich hab eine echt schlimme Bude und ...«

Ich sah zu, wie sein Mund sich bewegte, während er von seiner Bude und von seinen neuen Freunden erzählte. Ich verstand nichts. Wie lange würde ich ihn reden lassen müssen, bevor ich nach Art fragen konnte?

»Joe«, sagte ich endlich, »hast du was von Art gehört?«

Er sah mich komisch an. »Hast du's denn nicht gehört?«

Ich spürte, wie mein Puls anfing zu rasen. »Gehört? Was?«

»Er hatte so was wie einen ... ich weiß nicht. Aussetzer. Fünf Wochen auf dem College. Dann ist er ... auf und davon.«

»Auf und davon?«

»Er hat sein ganzes Studiengeld abgehoben und ist verschwunden. Soweit sein Vater weiß, ist er irgendwo in Neuseeland.«

»In Neuseeland? *Was ist passiert?*«

Joe sah mich eindringlich an. »Er war total durch den Wind, nachdem du ihn verlassen hattest. Ein paar Mal hab ich ihn gesehen. Er war in einer schlimmen Verfassung. Ich musste ihm schwören, dass ich mich nicht ...«

»Nicht was?«

»Dass ich mich nicht mit dir in Verbindung setze. Hätte ich sonst längst getan. Ich meine, er wollte dich wirklich sehen, Coll, das weiß ich genau. Dann ist er zum College und ich hab nichts mehr von ihm gehört. Ein paar Mal habe ich versucht, ihn telefonisch zu erwischen, aber er war nie da. Dann hörte ich, dass er ... einfach verschwunden ist. Zum Schluss habe ich bei seinem Vater in der Firma angerufen. Er meint, Art ist in Neuseeland, aber gehört hat er seit Wochen nichts von ihm.«

Ich stellte mir Art irgendwo an einer Küste vor, wie er den Sonnenuntergang beobachtete. »Wovon lebt er?«, fragte ich.

»Ach, er hat einen Haufen Geld mitgenommen. Und er wird jobben – in Lokalen und so. Er hat seinem Vater schon immer in den Ohren gelegen, weil er vor dem College ein Jahr frei haben wollte, aber sein Vater war strikt dagegen. Ian wollte ihn auf der Karriereleiter sehen. Ich find's super, dass er gefahren ist. Einfach so in der Welt rumgondeln, ganz wie man will. Am liebsten wäre ich mit.«

»Hat er dich gefragt?«

»Na ja ... nein. Ich meine ... das Thema ist nicht aufgekommen. Ich glaube, er wollte allein sein.«

Ich sah vor mir die Reihen der funkelnden Geschäfte mit all dem Flitterkram und den bunten Lichtern und mir wurde klar, dass es für mich keine Möglichkeit gab, mich mit Art zu treffen. Ich fühlte mich plötzlich erleichtert, ich fühlte mich auf einmal wie befreit. »Das ist toll«, sagte ich. »Ich hoffe, er findet, was er sucht.«

»Also dann ... ich muss los«, sagte Joe abrupt. Ich spürte, dass Mum herangekommen war und in Hörweite stand. Joe sagte, ich solle mal anrufen, und sobald er etwas Neues wüsste, würde er sich melden. Dann verabschiedeten wir uns.

Mum und ich gingen langsam weiter, dann drehte sie sich plötzlich zu mir herum und zischte: »Wehe, du machst jetzt eine Romanze daraus!«

»Wovon redest du?«, fragte ich.

»Du lächelst! Worüber lächelst du? Ich kenne dich! Du überlegst dir alle möglichen dummen Gründe, warum Art durchgebrannt ist, du denkst, es hat damit zu tun, was zwischen euch war ...« Ihre energische Stimme wurde leise und ich wusste, dass Mum dasselbe dachte.

»Ach, Mum«, sagte ich. »Ich bin einfach froh, dass er's getan hat, das ist alles.«

»Ich auch«, sagte sie erstaunlicherweise. »Er *musste* fort. Zum einen, fort von seinem unmöglichen Vater und ...«

»Und von mir?«, unterbrach ich.

»Ach, Liebling, nein. Nur ... ich war immer der Meinung, dass du ein bisschen zu reif bist für ihn. Dass er sich erst über sich selbst klar werden muss.«

Schweigend gingen wir weiter, dann sagte Mum: »Wenn ich dich dabei erwische, dass du an der Haustür rumschleichst und auf Briefe mit Marken aus Neuseeland lauerst ...«

Ich lachte laut los. »Darauf wäre ich gar nicht gekommen«, sagte ich. »Ich habe jetzt genug mit mir selber zu tun. Ich muss Examen machen, bevor ich losziehen kann, rund um die Welt.«

»Bevor du WAS? Dass du dir ja keine falschen Hoffnungen machst, von wegen ...«

»Mum, hör auf, ja? Komm, wir gehen noch mal zu diesen Tops, die wir angeschaut haben. Vielleicht darfst du mir ja doch eins kaufen.«

Mum schniefte. »Wie großzügig von dir. Ich will jetzt auf alle Fälle was essen.«

»Dein Pech. Erst kaufen wir das Top. Ich muss in den nächsten Wochen auf wichtige Partys.«

Dann schob ich meinen Arm durch ihren und zog sie in die Richtung, aus der wir gekommen waren.

Kate Cann
Verdammt frei

288 Seiten   cbt 30228

Kelly fühlt sich geschmeichelt, als ihr Freund Mike sie bittet,
die Sommerferien mit ihm zu verbringen. Doch ein Wohnwagen-
urlaub mit Mikes besten Kumpeln? Nein, danke! Stattdessen
fährt Kelly mit ihren Freundinnen nach Griechenland –
und lernt Nick kennen. Doch plötzlich taucht Mike am
Urlaubsort der Mädchen auf ...